U0094270

三岛 由纪夫

沈める滝

（日）三岛由纪夫 · 著

竺家荣 · 译

沉潜的瀑布

三岛由纪夫

北京联合出版公司
Beijing United Publishing Co., Ltd.

雅众文化 出品

第一章

　　城所升是个不适合做小说主人公的人物，像他这么难以博得人们共鸣和同情的男人实属罕见。用人们的话说，他"太幸运"了。

　　由于父母早逝，他受到了祖父的宠爱。祖父虽然已于三年前去世了，但其庇荫仍牢牢地罩护着他的爱孙。

　　祖父城所九造的名字在电力界无人不知。他豪爽，复仇心强，喜好游乐，精力过人，盛夏时也穿着西装，是个彻头彻尾的"民众之敌"。

　　在优裕的环境中成长起来的孙子，直到大学毕业时，才第一次听到了有关祖父的坏话。此前升的身边围绕着都是崇拜祖父的人。这位城所家的第三代早早失去了父母亲，因此没有机会听到家人对祖父霸道的统治的任何不满。其实，在他上小学的时候，一伙制造恐怖事件未遂者被检举时，在他们的暗杀名单上就发现了城所九造的名字，人们暗地里都拍手称快。

九造祖籍鹿儿岛。明治十二年，九造的父亲当上了旧藩主在东京宅第的执事，举家迁往京城。后来，九造就成了明治时代实业家共同的师傅福泽谕吉的门生。

明治三十一年，福泽谕吉开始倡导实业，把注意力投向了水力电气的开发。九造对此颇有共鸣。十几年后，九造便投身于电力事业，把东北地区的公益事业掌握于手中。

九造的一生总是为预感所支配，无论是好是坏，事情的发展总是不出九造的预料，"所以我不是说过了吗"就成了他的口头禅。即使出了差错，也是他的意志消沉所致。用九造的话来说，官吏愚钝，民众盲目。他相信企业的自由将有利于国家，物质文明的进步终将造福于民。明治时代所有实业家的这一使命感也的确不可一概地否认。

升生活在晚年的祖父身边，亲眼目睹了这位被世间看作恶人的人的日常生活。祖父是个无私欲的人，纵然是纯粹的私欲，若程度被增强，轮廓被加大的话，出于人的奇妙本能，也不可能不含有无私的因素。而无私的热情若有稍稍的懈怠，就近似于私欲了。升从祖父的身上，看到了一个放弃自我的通达之人。虽然他对酷爱自己的祖父的人品并不完全喜欢，但是和这个怪物一日三餐地生活在一起，使他对世上各种各样的怪物的定义产生了深深的疑问。

　　祖母精神失常后一直住在医院里，直到去世。九造有两三个妾，却从不让她们到这个家里来。所以，自从母亲得产褥热死去后，除了男性化的奶妈外，升成长在一个没有任何女性气息的环境中。升长这么大，完全不知道母性的温柔为何物，因而也没受到过男孩子要有远大抱负及复仇心等种种偏激的教育。

　　祖父给孙子的玩具全是些竣工仪式纪念品的发电机模型，或铁制组装玩具以及去水库勘查时带回来的河底的石头等等。就是说，所有的玩具都是石头和铁的。升是个缺乏想象力的很有主见的孩子。小学老师惊讶于升的数学成绩之优秀，同时也为他情操之欠缺而吃惊。让他画张画，他会把马和兔子都涂成同样的灰色。

　　父亲在升十岁的时候死去了。他是个身体虚弱、懒惰的人，对九造的教育方式虽有不满，也没加反对。他不太关心儿子。九造阻止了他上美术学校的愿望，让他进了银行。这位每到周末都要去写生旅行的男人，看了儿子的画，受了不小的刺激。

　　升长成了一个帅气的小伙子。和一般的少年不同，在女人给予他莫名其妙的感动之前，他就懂得了自己只要往那儿一站，就会使女人感动。对升来说，对某种感觉世界的发现，完全不具备观念上的意义。

　　人人都有梦想当小说家的时期，这个感觉十分平庸的少

4

年也不例外。他听了一些音乐，读了几本所谓的文学书，觉得这种浅显的音乐和文学只不过证实了他早已发现的一些东西，即这个世上里有着黑暗和甜蜜、优雅和温柔，与石头和铁迥然不同。然而，升与进山岳部的学生们的浪漫主义完全无缘。即便只是单纯的官能性的东西，这个罕见的年轻人都不会将其加以崇高化或轻蔑，并且彻底地委身于它。

他毫无道德顾忌地度过了战时在避暑地的迷乱的生活。他不大动感情，所以跟他开不起玩笑来，然而这位开朗的少年从不会使女人们感到无聊，这是什么缘故呢？

升从不刻苦学习，却以高中理科第一名的成绩毕业，进了工科大学，专攻土木工程学。因为这个学科的教授是母亲的弟弟，他一直对升寄予很大的期望，而升也有这个愿望。战后，大学毕业，升进了祖父任董事长的公司。将来让升当董事是不成文的默契。升暂时没有被派往工地现场，每天画画设计图，看看图纸……

介绍了升的经历后，下面来描绘现在的升，可能有人会感觉奇怪。他现在的画像，与上述经历给人的印象不大一样。

九月末的夕阳照在电力公司正门典雅的门柱上，也把石阶照得层次清晰。下班的高峰已过，一个青年从石阶上走了下来。在途中他停下步子，眯起眼睛望了望天空。他没戴帽子，穿着朴素的灰色西服，手里提着一个看起来没装任何东西的薄薄的公文包。

他长着两道剑眉，肤色浅黑，鼻梁棱角分明，眼睛细长，这是一副不想把自己的孤独强加于人，又对自己周围的孤独反应敏感的相貌。脸颊丰满圆润却又恰恰不失锐气。他身体健康，但缺乏活力，目光给人以对什么都无所谓的印象，眼神中流露出过度纵欲的疲惫。

听见有人喊他，回头一看是总务科的濑山从上面跑下来。濑山比升年长七岁。升小时候，他曾在城所家当过书生。他说话带点广岛腔，语速很快，却又有点笨拙。四方脸，小三角眼，紧绷的下巴。

"回家吗，城所君？我有话跟你说。"

升只是淡淡地微笑着。

"什么事？"

"……还是边走边说吧。"

濑山迈开了步子，为了躲避汽车，他固执地沿着沟沿走着。

"听说这次人事变动，我要被调到一个特别偏僻的地方，就是奥野川水库现场。去那种地方工作，老婆孩子怎么办，你能不能帮我想点办法？"

"我说话不顶用，祖父活着的时候还好说。"

"是啊，先生要是在就好办了。"

濑山突然问升：

"今天不想喝一杯了？"

升常常请濑山一起喝酒。

"今天不行，我有约会。"

"是吗？"

濑山迅速目测着十字路口，发现动作快点的话，能够赶在信号灯变红之前过马路。

"那就明天见。"

他将公文包翻了个面，一转眼就到了马路对面，紧接着一边买晚报，一边用目光向升致意。

"祖父总是在拼命做着什么，我也应该尽快投入到一件事里去。"

夕阳把人影照得长长的，升拣人少的地方边走边想。他有一个让他自负的天分，就是精力集中。有些繁忙的实业家，一有空闲就能睡着，升的头脑也是如此，能随时集中精力，因而无论学习还是工作都比别人快好几倍。

"可是集中精力并不等于投入精力，问题在于能否持久……"

他嫉妒祖父用之不竭的精力和无穷无尽的热情。它们从何而来呢？其实，九造的精力与其说是他个人的力量，更像是靠着许多无形力量的支持。在电力问题上，他常说"虽千万人，吾往矣"，但是在祖父的意识里，真正的孤独恐怕一次也没有出现过。祖父不辨目的，却对自己的作用一向心里有数，他坚信"扫帚是为自己打扫所用"，所以，无论做什么事，扫帚都不会孤独。

"孤独这东西不好。空间上没有联系的人，很难有时间上的持续。我要怎么做才能把自己和某种东西联系在一起呢？"

夕阳辉映河面上，浑浊的河水波光粼粼，桥的阴影下，油乎乎的彩虹清晰可见。被晒热的河水发出难闻的臭味。升扭过脸去……他还没有颓废到喜欢这种味道的程度。

推开萤酒吧的后门时，升拿着的公文包碰到了旁边的垃圾箱。离开店还有一个小时。刚从外面进来，不适应店内的光线，升什么也看不清。吧台里的调酒师向他打招呼，他只能模模糊糊地看见那身白制服上衣。升踩着尘土飞扬的楼梯上到了二层，一只小黑猫悄悄地跟着他，头蹭着升的后脚跟。他低下头摸摸小猫，猫的背湿漉漉的。

他上到最后一级台阶时，在墙上抹了抹湿手掌，从钥匙串上拿出钥匙，开了锁。隔壁的女招待休息室静悄悄的，好像还没有人来。

升把猫关在了门外。这间只有两坪[1]的简陋小屋里，除了衣柜和安乐椅、小桌各一个以外，就别无他物了。

衣柜的门上有个镜子，厚厚的镜子边框呈三棱镜状，被

1　日本丈量房屋和宅地面积的单位，1坪约等于3.306平方米。

斜射进来的夕阳照出了万紫千红的色彩。同时也照出了镜面上的尘土，仿佛一个个影像。

升把公文包随手往安乐椅上一扔，又把朴素的上衣、领带、衬衫和裤子扔到了椅子上。这位脱得像运动员似的只剩下内衣内裤的年轻人，朝衣柜里扫了一眼，迅速拿出一件浅紫色的衬衫和一身下摆开衩的休闲上衣，摇身一变成了一个风流倜傥的男人。镜子里年轻人的脸上虽说缺乏活力，但表情却透着逸乐的倦怠和不甘平庸的个性，可谓适得其所。

"衣服换好了吗？可以进去吗？"

敲门声响起。升应了一声，一位四十岁上下小个子的微胖女人穿着和服走了进来，她就是萤的老板娘。

她长得像宫廷偶人似的，五官搭配得恰到好处，嘴唇小巧而生动。她擅长舞蹈，一看便知是艺伎出身。加奈子喜欢打高尔夫球，还喜欢滑雪。城所九造在六十岁时为加奈子赎了身。战后，加奈子突然说想要开个酒吧，这个店就是九造为她盖的。由于这个缘由，升在银座的一角拥有了这间小屋，作为夜生活的更衣室。升自然按月超额交纳房费。

"这套衣服是新做的？料子不错啊！百分之八十羊绒吧。"升微笑着没说话，就像儿子让母亲观赏新衣服似的，笨拙地转了一个圈儿。

加奈子把他脱下来的衣服一件件挂在衣柜里，像以往一样说道：

"你真幸福啊，你真幸福啊！没有比升少爷更幸福的人喽。"

一到加奈子面前，升就被看成了"幸福的王子"。这个英俊健康的青年，从祖父的遗产中得到了相当可观的证券收入，在加奈子这种客观地判断幸福并得到满足的女人眼里，他是个完美无缺的人物。幸福！幸福！光是它那栩栩如生的表象，就给人以无尽的安慰。

升有着二十七岁的年轻人所拥有的一切。年轻，金钱，出类拔萃的头脑，强健的体魄，没有拖累的完全的自由。此外还有作为男人必需品的工作，而且是个名声不错的职业。这类似于把自由抑制在不致太无聊的程度之内的这些市民性的佐料……

想象自己还未拥有的东西使人陶醉，而已拥有的东西则不会使人陶醉。即便陶醉也是人为的。从这个意义上说，升具有对任何事情都不陶醉的资格。而且像他这样客观上"幸福"的人，即使要品味人们称之为不幸的东西，也多少伴有某种炫耀，所以这种意识常常使不幸对他敬而远之。要想了解狼，我们就得当一匹狼。同样道理，升想要体验不幸，就必须放弃当幸福的人，从这个瞬间去当一个不幸的人。不管升的内心怎么想，在大千世界之中，的确潜藏着这个真理。

升是个与思想无缘的人。无论从知足常乐这个世俗的思想来看，还是从对自己的物质占有抱有罪恶感的角度来看，他都是纯洁的。他虽然总是感觉厌倦，却不想弄清自己究竟厌倦什么。

其结果是，升陷入了一种不良嗜好，从加奈子那种无害的女人的脸上，寻找世人对他的评判。这些毫无来由的夸大赞美和天真的羡慕，对他是个安慰，就像对奶妈的依恋一样，他在加奈子面前尽力注意不破坏幸福的形象。他那颗毫无感情的不成熟的心，至今仍旧是毫无情感的一片荒漠。

对于升来说，加奈子是个根本不需要诉说的对象，她成了升封闭而孤独心灵的安全保证人。升只有在这个女人面前的时候才能安下心，完全孤独地自处，就如同在盲人面前一样。

……楼梯上热闹起来，三名女招待一起来上班了。其中一个女招待由于和昨晚的客人一起待到今天下午，觉得无聊，便打电话把这两个同事叫出来，四个人一起去看了场叫座的电影，然后直接到店里来了。

门开着一条缝，女人们想看看升的屋里什么样，其中一个鼓足了勇气推开了门。

升和加奈子看见门口的三个女人朝他们敬了个军礼，一齐嚷道：

"可以进来吗？"

只有三个星期军队生活体验的升，摆出长官的架势，说道：

"进来，什么事？"

女人们立刻扭动腰身，你推我搡地拥进窄小的屋子里来。升是"良家女子专业户"，对店里的女人一个也不碰。加奈子感谢他的厚意，女招待们则对升把她们归入风尘女子之流不满，也多亏如此，升才享受到了只有混在酒吧女中的男人才能体会到的浓情蜜意。例如，只有调酒师才知道的那种女人的友谊——把傲慢的女招待叫上二楼，扇上一个嘴巴的正派调酒师和泪流满面地连声认错的女人，以此方式结成的没有色情的友谊。

三个女人中景子是大姐大，曾演唱过少女歌剧，喜欢做些异想天开的美梦，编织东西时，总是不时跳过两三个网眼地编织。还有一位是每家酒吧里必有的纯情型，瘦得干巴巴的，爱噘着嘴说些富有哲理的话，动不动就瞪着湿润的大眼睛，遥望着远方，她叫房江。用电话把这两个人叫出来的由良子，胸前晃荡着两个硕大的乳房，经常嘴里哼着歌，总爱故作深沉地凝视着自己的手指尖，随着指尖在视野里渐渐变得模糊起来，她自己也被弄糊涂了。

升在年中和年末都要给老板娘和店里的女招待们送礼物，她们回送与身份不符的礼物时，他也不推辞。她们还是升的风流韵事的听众和拙劣的参谋。而且，每当升甩掉一个女人时，都仿佛满足了她们对那些被升爱过的女人的复仇心。总之，对她们来说，升是"女性的伙伴"。

"你今天幽会的对象是什么人哪？"

加奈子开了口。

"是个可爱的少妇，年龄大约二十四五吧。"

"在哪儿会面呢？"

房江忽闪着纯情的大眼睛问道。升说了个附近咖啡店的名字。

"和草野笙子已经断了吗？"

景子下颏枕着良子的肩头问。那是一位新晋电影女演员的名字。

"已经断了。"

"好快呀。"

女人们叫道，毫不掩饰赞叹的心情。

"那位少妇今天肯定会来吗？"

"已经见了两三次了，连手也没碰过。"

"连手也没碰……"

加奈子重复道，叹惜着，自己握住了自己的手。

"妈妈，你干什么呢，自己握自己的手。"

眼快的由良子嘲笑着她。"没碰过手"这种消极的表现反倒吊起了她们的胃口，她们不约而同地伸出一只手，一只摞一只地堆到了加奈子的手上。

"我们让你握一下手吧。一次能握四个人的手，哪儿找这么好的事啊。"

升微笑着伸出双手。四只手或干或湿，或热或冷，或青筋暴露或肥瘦适宜。这四只手死尸般地重叠在一起，手指互相缠绕着，傍晚昏暗下来的房间里，浮现出一堆白花花的肉。升觉得自己好像握着一大堆蔬菜，有种新鲜的触感，一点儿也不像是在和人体接触。

"再使点儿劲。"

其中一人说道。女人们的脸都走了形，严肃地瞧着握在一起的手。这时，一只手突然缩了回去。

"妈妈的戒指都把我的手都挤出印来了。"

迄今为止，升从没有和同一个女人睡过一次以上。升深知自己缺乏想象力，并不具备第二次幽会的能力。只有现实的好奇心对他起作用。这能说他是冷酷的人吗？人并不会因为仅仅睡一次就变得那么冷酷，仅仅睡一次，是不会产生抛弃别人或被人抛弃的残酷的人际关系的。

如同行为结束之后离开一样，这是极其自然的事情。离开那具肉体，离开那个女人这一存在本身是升的愿望，他总是事先做好脱身的准备，一般都能如其所愿。他在这方面一向得心应手，所以，从不会由于单纯的现实的好奇心而受到生出孩子之类的麻烦事的困扰。

委身于某种官能享受，对升而言是理智的事。升十分了解希望认识某一特定女子的心理欲望的暧昧，他绝不会把单纯的反复错当成深化。由于不具备沉溺于感觉的才能，所以他要自制和克己般地拼命为了满足欲望而压抑自己的理智。如果认识是个问题的话，色情之事就绝不能在一个地方裹足不前，如果爱一个特定的女人是个问题的话，色情之事便即刻失去了抽象的性格。然而说到底，性欲是不是爱呢?

少年时代的放浪不羁（与众不同的是，他的放浪不羁丝毫不影响他的学习成绩），使升染上了为爱的形而上学而苦恼的毛病。他对于爱的必要性一向无感觉，而被爱倒十分便利。升不像他那个年龄的人那样爱睡懒觉，进公司后一次也没有迟到过，这种踏实的表现成了上司们信赖他的一个标志。当然，不能把升和圆滑世故的青年混为一谈。他早起的原因只是由于讨厌和昨夜共寝的女人度过放荡的戏剧序幕般的上午时间。为此，升决不在星期六和女人约会，以使星期日不会虚度。

早上他催促着女人也早早起来，一起出去吃完早餐，就此别过。接着他到萤酒吧换上西服，按时来到公司，坐在设计图前，尽管睡眠不足却毫无倦色，一整天都能精神非常集中地做好每件工作。

既然不把对方当作特定的女人来交往，升也就无须是特定的男人了，因而他就成了随心所欲之人。大城市比大森林还容易藏匿。他有好几个假住址和假名字，甚至还印了假名片。做新的西装时，他都留意不绣上名字。当别人问他的职业时，他有时说是某乐队的乐手，有时说是电影摄影师，有时还逞能把自己说成是走私品的中间商，或倒卖外汇的。在他那张与花花公子相去甚远的纯朴敦厚的脸上，找不到伤痕或粗重的眉毛那样显眼的特征。

除了那位庸俗的濑山，他没有玩友或至交，总是独往独来地去过夜生活。糜烂的社交界高兴地迎接他，却不能把他留住一个星期。

夜的战栗，官能的灯火，无往不胜的自信……当他独自走路时，眼光明澈，神清气爽。从白天的秩序井然、规整如衣柜的社会，来到完全自由放任的夜晚，他那随心所欲的快乐，恐怕祖父一辈子都没能体验到。祖父所谓的打猎，就是事先让人把猎物驱赶到狩猎圈之内，然后在众人面前，拉开金光耀眼的弓，搭箭劲射……

离约会还有一段时间，升从萤酒吧出来，慢慢地走着。

路过贩卖电视机的商店前时，看见店里所有的电视机都将青蓝色的空白玻璃屏幕朝向街道，因为店主人担心一打开电视，就会有许多人免费围观，影响生意。他停住脚步，从这些什么也没有的玻璃上看到了背后广告灯的明灭。

初夏时，升跟一位死盯着这间商店橱窗的姑娘搭了话。

"你再怎么看它，也看不见什么呀。"

当天晚上，她便温顺而腼腆地蜷缩着身子在升的面前脱得精光。少女浑身长着黑痣，就像钢笔甩出来的墨点，他从没见过长这么多痣的女孩子，连屁股上都是。

升走过路边的邮筒。

银座的行人里，有几人能答得上来银座哪里有邮筒呢。夜晚的邮筒异常孤独，谁也不会在夜里到银座来发信。尤其是这个邮筒正对着下班后没有灯光的银行，它看上去好像变成一个黑影，低头伫立在那里。

一个夏天的晚上，升见到一位往这个邮筒里投了一封厚厚的信函的女人。女人听到信封落入邮筒的沉闷干枯的反响，才放了心。

升从邮筒后面走了出来，说道：

"很抱歉，这个邮筒已经停止使用了。"

女人显得很吃惊。

"真的呀，这可怎么办哪？这封信很重要的，我就在这儿等邮递员来取信。"

"邮筒停止使用了，怎么会来取信呢？"

"对呀，怎么办哪？要是停止使用的话，应该封上才对呀。"

"刚才是封着的，大概是有人恶作剧给撕掉了。"

这时，女人似乎意识到了升在骗人。见女人没有生气，升猜想可能她一开始就意识到了。

　　两人熟悉了之后，女人像口头禅似的反复说："我怎么这么容易上当受骗啊。"直到上了床她还在说，升觉得很扫兴。

　　升走到了高雅的女士服装店门外。

　　五月的一天，升路过这里时，从窗户往里一看，见几位女客中有一位格外美丽的夫人。女人买东西，就像圆桌会议，老是议而不决，只有她极为果断。她买了好几样东西，店员给包在一个大纸包里。正愁无计可施的升，看见从店员手里接过纸包的夫人，只用戴黑色蕾丝手套的食指钩着体积颇大但分量不重的纸包上的包装绳，朝店门走来。升便采用了不得已的粗鲁做法——假装急匆匆赶来的样子，撞在正走出店门的女人身上，东西掉在了地上。好像有什么东西摔碎了。升说尽好话向夫人道歉，并保证如有破损一定照价赔偿，还特意让店员打开包看看有无损坏。

　　几天后，夫人把升请到自己的住处来，上床之前，她躲在化妆室里，足足让升等了一个小时才出来，故意吊他的胃口。

　　……街道上的每个角落，都蛰伏着女人的芳踪，因此，升无法平静地走过这条街道。那位少女可能会站在电视机商店的橱窗前等着他；那个女人没准儿会经常在邮筒附近转来转去，等候他的到来；那位夫人也许会花很长时间来挑选东西，从那间服装店的窗户里朝街上的行人张望。

　　无论哪个女人都期望永恒和不变。她们对永恒有着不可思议的执着，升若是个思想家，一定最为警惕永恒不变的思想。

……他想起了和今晚要约会的女人的邂逅。

星期日上午，天气很热，升在浆洗得雪白的床单上醒来，陶醉于一人独睡的幸福之中。根本不知失眠为何物的青年，也为这少有的无梦酣睡而感慨。他趴在床上，香甜地抽着烟。

他将鼓鼓囊囊的枕头垫在身下，听着手表在枕边嘀嘀嗒嗒地响。松软的枕头和秒针的嘀嗒声和他融为一体，生活就像贴身内衣一样附着在他身上。

和女人一起睡时，早上醒来总感到比头天晚上要孤独得多，而自己一个人睡时，醒来后却一点也不觉得孤独，这是什么缘故呢？

在靠近车站的近郊旅馆里，一听见始发电车打破黎明的沉寂，轰鸣着出站的声音，他就想要离开自己的脚尖所触到的女人的脚。那双火热的脚使他有种异样的感觉。他急切地想要逃离那双他人的脚，那种凭一点触觉便和自己连接起来的、以大大的脚的形状出现的另一个世界，那永久不变的具体性。在蒙蒙亮的黎明时分，要是能穿着皱皱巴巴的雨衣，迎着晨风，跳上火车，该有多美啊。升从未想过明天会怎样，可又恐惧那不曾想过的明天会突然出现在床上。

然而如今，晚夏的旭日透过窗帘照进来的不是"明天"，是实实在在的今天。

他站起来，套上T恤衫和裤子，下楼去盥洗室稀里哗啦洗了一通脸。

吃过早饭，他给擦得锃亮的自行车的车带打足了气，拿上昨天收到的美国垦务局编纂的《大块混凝土调查》，打算带到多摩川河滩去看。

……十天前的那个星期日上午，升已经记不太清楚了。关于知识或数字、设计的细节等死的东西，他的记忆力超群，然而对于活的东西，他身在其中，难以明察，总是忘得干干净净。

上午的骄阳晒热了河滩，河堤叶樱下的草地又干又硬，河边连游人扔的纸屑都看不到。他坐在草地上，打开了书。可是，树叶间透过的阳光照在白纸上，刺得眼睛痛。看了两三页，他点了根烟，出神地凝视起河滩来。

一只白色的丝毛犬出现在河边。锁链松松地挂在它的脖颈上，不像别的狗栓得那么紧。一位穿着和服的女人牵着链子，蹲在河边，和正在把捞上来的鳉鱼放进罐子里的孩子们说话。晃动的波纹倒映出系着柠檬色和服带子的女人，从这里看得也很清楚，水中的那张脸白得透明。

升来了兴致。女人待了一会儿就走开了，丝毛犬在不平坦的河滩小路上欢跳着，朝升近旁的堤坝石阶走来。升渐渐看清了女人穿的胭脂红色的华丽的碎花和服，赤脚趿拉着漆皮木屐。尽管女人光脚穿木屐，却丝毫没有邋遢和不洁的感觉。从远处看觉得年龄还要大一些，走近一看却相当年轻。圆圆脸，眼睛很有神采，长着升所喜欢的那种可人的微厚嘴唇。

从这儿往后就记不大清了。升混杂着某种欲求而产生的瞬间的记忆，总是模模糊糊的。欲求总是朝着对象，朝着未知，不会再现所有的阶段，也不具备安定的过去的形状。不过，有一点是清楚的，升所选择的女人必定会和他说上两三句话，尽管升口才不怎么样……两人约好几天后再见。

……他们约会的咖啡店四面镶着玻璃，有着半地下室和二层阁楼，曲里拐弯的，配有暗淡的照明和靡靡之音，这是都市特有的招徕顾客的花样之一。想要见到约会的对方，就要寻遍店里的每个角落，不是撞到镜子上，就是绊倒在楼梯上。

店里的气氛充满佛教意味。下了班或放学后的青年男女，在音乐的伴奏下，呢喃低语，犹如念经，就像在寺庙里。告别、求婚、坦白、挑拨，这些人生大事都凭借一杯咖啡的施舍而被了结。

女人在最里面的幽暗角落里等他。升走近她时不由暗暗惊异，因为她那奢华的穿着与这种场合极不协调。

女人穿着一袭"绘羽模样"[1]的绉绸和服，纯白的底色上，几串紫藤花由肩头垂下，下摆是乱菊打边，"市松染"[2]粗线金银织锦腰带上，系着红白色的绦带。看上去全无燥热和庸俗之感，衬托得她那婀娜的身姿千娇百媚。

"我是从舞会上跑出来的。"

女人见升吃惊的样子，就先开口解释道。

"你会跳舞？"

"只是个旁观者。"

女人毫无缘由地、极有分寸地微笑了一下。这种颇有自信的微笑，给予了升抽象的喜悦，又使他欣赏到女人由"自己被人爱上了"的自负导致的心理自闭状态。擅自活动的心理，就像拼命跑滚轮的小家鼠的动作一样，给观看者以纯粹无目的的运动的快感。小家鼠即使被打开了笼子的门，也不会轻易朝这边跑过来的……升顶喜欢处于这个阶段的女人了。

女人让他叫自己显子。显子与升所见过的女人不同，表面上看她是处于上述阶段，可是，一旦真的打开笼子，她或许会猛地朝自己跑过来的。升不禁感到从未有过的不安和怯懦。

---

1 女子和服正装的一种，印着的是一幅图画，从左边的袖子一直到下。
2 因江户时代，男扮女装的歌舞伎演员佐野川市松所穿的格子图案的演出服而得名。

升眨着眼睛想着：

"和这个女人也只睡一次吗？无论怎么做，都会打破我生活的平静。如果和其他女人一样睡一夜就厌倦的话，我的失落感会更强；如果想要下一次的话，我的绝对胜利就成了无稽之谈。为此要尽可能晚一点和她一起过夜，可我又控制不了自己。我不至于做出恋爱这种蠢事吧！"

他讨厌超乎自己之上的力量，所以尽量选择好对付的女人，以外行自封。对难以攻陷的城池的征服欲，会打乱生活的步调，为他所不取。

显子怎么看也不像是难以攻陷型。最基础的，也是最有成功把握的方法，就是花时间使其充分焦躁，等待对方主动跳入自己的怀抱。有时，他把时间稍稍错开一些，和三个女人同时交往，由最先焦躁的女人开始，一个接一个地收拾掉她们。然而显子不仅不是难以攻陷的，而且从一开始就显露出了焦躁，这一注定的成功之兆，倒使得升犹疑不决起来。

他确实在犹豫，出于和死去的祖父竞争的心理，他想要通过这一犹豫，证明自己对于显子"非常投入"。不过，投入和优柔寡断怎么能混为一谈呢。陷入情网和优柔寡断怎么能混为一谈呢。可是，这个浪荡公子富于决断力的时候，往往是他在某件事上清醒过来之时。他只懂得不全身心投入的赌博。

……像是温水一点点渗出似的，女人慢慢抬起水汪汪的眼睛，注视着升。女人焦躁起来时，常常会在喝酒或跳舞的时候，有意无意地问些"咱们会怎么样?"或者"下面干什么呀?"等等无实质内容的问题，而显子却没有。

显子跟他聊起了家常。一副对什么都无所谓的神情。看得出她是个挑剔、难以交往的女人，和升一样的孤独寂寞。她突然笑着说道：

"我丈夫给我起了个独眼龙的外号。"

"这是什么意思?"

"因为早上丈夫去公司上班时，我从来没有起来过。丈夫临出门时，到卧室来跟我说一声'我走了'，我就在床上睁开一只眼……现在连这个外号也不叫了，因为从去年开始，我连一只眼睛也不睁开了。"

"可是，你不是早上牵着狗出来散步吗?"

"等丈夫一出门，我就跳下床，冲个澡，化了妆，也不吃早饭，马上带布奇去散步，这是我每天必做的事。"

"就是说，你的生活都是由自己的意志支配的了?"

"自己的意志也有做不到的事啊。"显子说完，咻咻笑起来，"所以，我从来不会为了自己的意志而装腔作势，我是最不会做戏的女人。"

"无论你做什么，你丈夫都不过问吗?"

"只要我晚上回家就行，只要回家，多晚都可以。"

"也不问和谁在一起？"

"是啊，没关系的。"

显子的确是缺乏掩饰自我的训练。绝不会给人以不洁印象的自信，使她能够放心地故意说那种堕落的话，这不失为一种反语式的幽默。升和显子在一起，一点不觉得无聊，正如负负得正的数学公式那样，也许和无聊的人聊天，才能把无聊的人从无聊中解救出来。

当显子表现出应允的意思时，升绝望了。升反而期待着显子再稍稍矜持一下。升按照以往的惯例思考着上策。要让这个女人觉得自己是特殊的女人，就必须以特别的手法来对待。他觉得最好的对策是对她的表示不予理睬，自己销声匿迹。这样一来，显子就成了最初的例外，成了难忘的回忆，成了难忘的女人了。

可是，升总觉得自己这样想过于伤感了，有损他那理智的矜持。实际上，对升来说，这种理智的干涉，有时会把仅仅以情感可满足的事，硬要引向欲望的满足。对升而言，欲望与其说是肉体的本能，莫如说是一种理智的虚构更为恰当（少年时代没有这样过）。随着经验的增长，这个叛逆的青年，已经习惯不去评估自己的肉体所给予女人的超出肉体本身魅力的那一部分价值了。

一想到"又是重复"时，他的心就冻结了。

升像旅行社那样常备有五六种旅馆。根据女人的种类，以及自己谎称的职业而随机应变，选用最合身份的下榻之处。和讲求排场的女人去这样的旅馆，和小家碧玉型的女人去那样的旅馆，和喜欢小巧玲珑旅馆的女人就去小巧玲珑的旅馆，和出身贫穷家庭的胆小的女子就去偏僻的旅店，而对于在乎别人眼光的女人则领她到远远的郊外去。

显子很奢侈，又穿着和服，升就给位于山手住宅街的，由某大户人家的宅院改建的旅馆拨了电话。

在出租车昏暗的车厢内，升轻轻握住了女人的手，将它放在自己的腿旁。手像鞣皮般柔软，有些汗津津的。他想起了刚才同时握住的那四只硬邦邦的手。显子的手优雅而柔嫩，像扇子般叠在他的掌中。

迎面开来的车擦身而过时，升觉得仿佛被那晃眼的车灯猛然照穿了自己颓唐的内心。阴惨惨的反复，真是不可思议，为了保持生活的明晰而产生的这种反复，为什么会使得心境如此阴郁？

他想尽快结束这种状态。在厌倦当一个随心所欲之人的同时，又为了要尽快恢复为一个随心所欲之人而焦躁……升使劲握住了女人的手，这样来确认欲望的对象。

"我来猜猜你的座右铭好吗？"等女招待出去后，显子说道。

"我没有什么座右铭。"

"是不是'为了被爱，决不能爱'啊？你的脸上写着呢。"

"你的座右铭呢？"

"我什么也没有。墙上好像贴着什么，其实墙上白白的，一无所有。"

接着，显子又转了话题。

"昨天我去买点心。我买了最后的五个点心，这时又来了个中年妇女也要买这种点心，知道已经卖完了以后，就用眼睛狠狠地盯着我。这一天我都不痛快。"

升来到她的身边，显子也不左顾右盼，只是凝视着前方，然后闭上眼睛，朝他噘起了嘴唇，一边接吻，升一边想："她刚才看到了什么呢？"

显子准备洗澡，到另一间屋子里去换浴衣。升清楚地听到了那件华丽的和服从肩头滑落的声音，优雅的绸料划破了空气，坠落在榻榻米上，落地的瞬间窸窣作响。

升躺在客厅里，倾听着这些动静，他不禁自问，什么时候开始喜欢听这种优雅的声音了。小时候，他只知道铁和石头的玩具。

……升开始爱抚她，女人却毫无反应。

以前他也遇到过几个这样的女人，显子和她们又有所不同。这种女人一般是在故意做戏，自欺欺人，而显子则是忠实于她自己的性冷淡。

升见过不少女人用这种演技式的陶醉来弥补无法达到的陶醉的焦躁。她们向往大海，见到的却是沙漠，便把这沙漠当作大海。可是沙子堵住了嘴，堵住了鼻孔，把她们埋进去了。她们恐怖地想象着只有男人才体会得到的快乐，这恐怖犹如被马蹄践踏。对方有着异样的忘我的世界，而自己这边就像庭院里的石头。她们想要模仿和追求男人的世界，然而那世界远远地退去，眼前出现了巨大而厚实的玻璃屏障。

每当敏感地察觉这一点时，升就立刻装出被女人的演技所蒙骗的样子。没有必要揭穿她们的自我欺骗，使自己也去面对沙漠。只希望对方的演技能稍微逼真一些。

然而显子和她们不一样。她闭着眼睛躺在那里，不见一点动静。完全成了个物体，沉入了深邃的物质世界之中。这回轮到升焦躁了。

他拼命要挪动那块碑石而汗流浃背。他头一次陷入这么纯粹的对现实的关心。显而易见，显子无意掩饰自己的无感觉。她忠实于绝望，忠实于即将埋没自己的沙漠。显子直面这个空白的世界，远远望着自己渴望去爱的男人，仿佛不知恐惧为何物。活生生的肉体，陷于绝望之中，却能以如此平静的姿态打动了升的心。

他意识到自己徒劳地设法给予被沙漠埋住身子的女人以陶醉，并不是为了自己的快乐，只不过是虚荣心作祟。显子的肉体在这里，显子在这里。她并不想向男人挑战，只是一味地忠实于自己，化为物质而已。

只能就这样进行下去了。他这么想着，用另一种温柔搂住了她。

这时，有种异样的力量使升回到了童年时代。他得到了铁和石头的玩具。祖父捡来的河底的石头，以及铁制的组装玩具、发动机模型，塞满了他的怀抱。他抱着这些东西，为自己的臂力而自豪。这些玩具冰凉、坚硬，毫无感情地机械地运动，在小孩的手里沉甸甸的，它们多可爱啊！石头绝不向小孩献殷勤，它们居住在坚硬的石头世界里。铁冷酷地嘲笑孩子的力气，这些永不会损坏的玩具围绕着他。朋友们的玩具老是坏，而升虽然拆了装，装了拆，也不会把自己的玩具弄坏。玩具是他的所有物，却不属于他。用这种坚固的，属于别的世界的东西，组成自己想组成的东西，是升最大的喜悦……

此刻，升正怀着由记忆深处产生的亲切感，来拥抱这女人形状的石像。他所爱的并不是绸缎的优雅和柔软，而是石头那样明快的物质。

……显子终于睁开了眼睛，她望着升。过去，显子一睁开眼睛，就会看见眼前绝望的男人和自己内心绝望的女人在对视。

可是，升与众不同。这个青年的目光里充满了朦胧的温柔，这温柔使他在显子的眼里显得俊美无比。

显子睁着眼睛，默不作声，她望着升那罕见的温柔表情，流出了眼泪。

"你不恨我吗？为什么？"

女人问道。

"为什么要恨你？我从没见过和我如此相像的女人。恨你就等于恨我自己，我一般是不喜欢恨自己的。"

"我只能爱现在这样的我，如果我能改变当然好，可是无论谁都无法使我改变。所以只有老老实实地展示自己。不过，我喜欢你，可我却不能证实给你看我有多喜欢你。"

显子对失败已经习以为常了。在每次失败之后，男人因屈辱而憎恨地盯着她，她也出于这个男人不能改变自己的绝望而蔑视地盯着男人。所以，升的温柔超出了显子的理解，她害怕会有更为恐怖的东西来取代那失败的感觉。

升目不转睛地望着天花板，呼吸着深夜的空气。这空气清凉、纯净，使他的头脑清爽了许多。

"我能够改变生活，"升信心满满地想，"显子给我下了道训诫，她能在虚无中这样自若地躺着，我却不能。我要回到石头和铁的世界去，投入我最熟悉、最亲近的东西中去。"他像苏醒过来的人一样，从床上起来穿上了内衣。

　　然后，升的口才变得少有地好，头一次和一个女人谈起了自己和每个女人只睡一次的经历。

　　"我一向是只睡一次的。"

　　升说道。

　　"真巧，我也是。不过，这并不是我所希望的。"

　　显子说。接着又急忙补充了一句：

　　"我第一次遇见像你这样的男人。"

　　两人报了各自交往过的异性的人数，显子的人数虽说只是升的十分之一，也不是小数目了。于是升提议，对谁也爱不起来的两人既然有幸相识，不就有可能从谎言中造出真话，由虚妄中制造真实，合成出爱情来吗？就像负负得正那样。

　　这个相当具有科学性、人工性的恋爱提议触动了显子的心。

　　"咱们怎么做呢？"

　　"不见面就行。"升马上答道。

　　"如果不再见面的话，对你我来说，还不是跟从不认识一样啦。"

　　"采用写信、打电话，或者发电报等等一切不见面也可以的手段，来互相折磨对方。觉得可以真正相爱的时候再见面。到那时候，或许我就可以使你激动起来呢。我最近肯定会脱离东京的生活，到山里的现场去。"他说出了刚下的决心。

这次，他破天荒地给了女人一张真名片，上面有电力公司的地址。

"往这儿写信就能转到山里去，我到了那边会给你写信。"

女人也把自己的名片给了他。

升叫了出租车，把显子送到家，已是午夜两点了。

月光如洗，风力渐强。两人握着手，没有说话。门窗紧闭的街上，一串串路灯明晃晃地照着路面，两旁的街树迎风摇动着。显子把车窗全打开，任凭风吹着脸。

只有自己的无感觉才能使自己产生勇气的这个不幸的女人，感受到了某种异样的东西给自己注入了新的勇气。升也同样，如此没有厌恶感的清净的分别真是无与伦比。双方都在对方身上发现了真正的孤独。显子觉得已经没有必要再扯那些无聊的话题了。

显子叫司机停车。她坦然地在自家门前下了车。临下车，她和他接吻时，贪婪地睁着眼睛，并迅速地将自己的手指缠绕住升的手指。她直勾勾地盯着男人，使劲拉了勾之后，便跑进了门里。犬吠声响了一阵，又归于平静。趁着他们分手之际，司机到路边去小解。

分手后升回到了离此地不过四五条街的自己家，老仆人睡眼惺忪地起来迎接他。仆人第一次见到年轻的主人这样生气勃勃的表情。"准是找到满意的女人了。家里终于要有个不知是何方神圣的年轻太太了。"升想的则是另一码事。他在考虑卖掉祖父留给他的宽敞的房子后,该给那个仆人多少退职金才合适。

这一夜过得格外漫长。一上班,他马上去见上司。

"请让我到奥野川水库去。"

上司的眼睛瞪得老大,非常赞赏这位一直受到特殊对待的青年的良心发现,立刻批准了他的请求。人事科长听说之后,将信将疑,特地把升找来,听他亲口表达了坚定的决心后,觉得这样对升也有好处,至少不至于在总社成为周围人们嫉妒的对象了。

人事变动的调令下来了。在黑暗的走廊上,升遇见了满脸不悦的濑山。

"这回咱哥儿俩要一起在那边待三年哪!我也去奥野川水库。"

升拍了拍濑山的肩膀说道。濑山吃了一惊,张口结舌地盯着升的脸。青年的脸色十分开朗,然而濑山从这次冷酷的流放中,看到了支撑他和升的城所九造的权威就此瓦解了。

第二章

　　升比濑山晚走了十天。他谢绝了别人送行，独自一人坐夜班车前往。随着被广告霓虹灯染红了天空的都市渐渐远去，这位无拘无束的孤儿不由产生了一种自信：自己无论生活在什么样的环境中，都不会为物质所左右。萤酒吧、女招待、放荡不羁、数不清的旅馆欢夜等等，与这些东西告别时，尽管不无踌躇，他还是十分满足于自己毫无过分的伤感这一点。

　　十月下旬的一个早晨，升提着贴满祖父冶游过的旅馆标签的手提箱，穿着皱皱巴巴的雨衣，在新潟县的 K 车站下了车。站台上还残留着清晰的扫帚印，阳光照出了检票口的投影，麦色的尘埃在朝阳的光束中飞舞。来迎接他的濑山朝他挥着帽子。

　　"欢迎，欢迎。我可待够了，这种地方一个星期就厌倦了。"

濑山一见面就发起了牢骚。

"像城所君这么奢侈的公子哥儿受得了吗?"

"我也在军队里待过呀。"

"不是才三个星期吗?"

濑山无所不知。

"可我大小也是个工程师呀。"

"我只是可怜的宴会官呀。"

车站前停着一辆难看的英国造的"路虎"小型农用车,形状很像吉普车。他们将要坐着它到四十二公里外的水库工地去。

"就这点行李?"

"被褥等用品回头托运来。"

为修水库需要,K町的县公路正在拓宽,"路虎"一直在坑洼不平的路上颠簸着。孩子们在路旁玩修路用的沙子,还模仿大人们,偷出的满满一箱的沙子,运回不久就要被推倒的自己家去,以便在家里也能随时玩沙子。

升在上高中时也参加过体育运动,但是除了运动场、棒球场、球场等被几何学式地划分出来的自然以外,从没有感到对自然有所需要过。他没少去旅行,可那些风景对他而言全都是过眼烟云。

　　因此，直到路虎登上山路之前，他完全没有预料到自己会用一种苏醒的目光来欣赏自然。

　　北陆正是红叶浓艳之时，一百八十九道弯的盘山公路在阔叶树和满山红叶的包围中环山而上，红叶品种繁多，色彩缤纷，几乎失去了绿色的山，仿佛得了因生命力枯竭而过分华丽的病。

　　升呼吸着山上清冽的空气，一路上都感受到与自然的交感或者说是自然对他的暗示，他为自己内心产生他的某种预感而惊讶。迄今为止，自然还从没有对他这样感召过。升的感觉平庸到别人说红叶美，他便觉得美。然而此刻他却感受不到红叶一丝一毫的美。他觉得这是色彩的浪费，是对枯竭的炫耀，简直就是怪异的现象。

　　"据说这条路是原来就有的，"濑山突然说道，一股烟味直喷升的脸，"公司为了把原来的县公路加宽，已经投入了三亿元。要是在雪季到来之前，能完工就好了，可是，看来得拖到明年夏天了。"

　　此时，红叶覆盖的群山之间，一座突兀的高峰出现在眼前，那就是驹岳。银山三岳之一的这座山上，红叶片鳞皆无。青紫色的光秃秃的山顶周围，闪耀着几条白丝般的雪带，两三天的积雪消融成了残雪。驹岳耸着孤独的肩，仿佛以它的存在来护卫幽静湛蓝的天空。低矮的群山都在依靠大地，用红叶装点自己。唯有这座山只把底盘托付于地上，而它的上半则属于天界。此亦不失为一种不可动摇的思想。

升在心里感慨着，能够被自己感受到的美，只有超绝的自然，是与他的内心世界相隔绝，又只能触动他最内心世界的那种自然……

路虎不断地向上爬着，熟练的司机飞速地拐着一个个弯道。越过起伏的山梁，向远远的山顶望去，蜿蜒迂回的盘山公路一直伸向山顶。到了海拔一千二百六十米的地方，濑山叫车停下来休息一会儿。从这里能望见东南和西北两面，他们有幸赶上了一年中难得的一两次的晴天，看到了遥远的西北方的佐渡岛。

四周生长着山毛榉、栎树、日本七叶树等各种红叶树，繁茂的芒草在为数不多的山白竹上摇曳，北面有个山谷，在它的阴影里掩藏着一条河的源头。

"真是个荒凉的地方，"濑山说道，"从我们来的方向，正在沿着山谷铺设一条电线，一直要通到水库来。看到那条电线，就知道我们事务所里也有科学的人情味的东西了。那电线可是连接人的纽带啊。人的信息通过这种冰冷的铁制材料和电线传递。这些铁器和电线从这里望去就像是小小的玩具，然而现在它们却使人联想到人性的东西。当地人只会把这些当作铁和石头而已，对他们来说，不过是些物质材料。"

濑山的烟灰掉在升打开的地图上。

濑山很喜欢"人性的"这个词，在这个矮墩墩的壮实的男人看来，这个词是连接自己的家庭乃至国际政治等一系列事物的纽带。他无论谈论任何话题，都会一股脑地把这个词塞进去。

升沉默不语，这并非像濑山说的那样是什么科学工作者的缘故，而是因为他具有不需要任何人性的媒介，也会热衷于物质材料的自信。这些对濑山说了也是白费。

"水库是在那边吗?"

升指着东面红叶覆盖的崇山峻岭问道。

"是的。不过从这儿看不见。"

从山梁上铺设下去的电线消失在重重叠叠的山谷中。

"唉，要是大先生还健在就好了，你和我就都不会被派到这鬼地方来了。"

"也难说。祖父要是还活着，我可能早就到水库去了，即便不是我自愿来的。"

"是啊，现在是你自己想到那儿去的。这就是技术人员的幸福! 可是你的抱负是什么呢?"

"我没看到水库就迷上它了。"

"没有什么看不看，水库根本没建成哪。"

"所以才不会有见过之后的幻灭感呀!"

"对未来抱有信心才会这样想的，真羡慕你呀! 在这样黑暗的时代。"

　　对方这种完全离谱的猜度使升感到愉快。正如前面所说，升从来不曾考虑过明天这个问题。

　　云层遮挡了阳光，山上阴了下来。那些枯萎的红叶像凝固了的血流似的黑黝黝的。在那些肉欲的生活之后，看见这种难看的自然色彩，绝不是件令人愉快的际遇。升仰视着驹岳那青紫色的顶峰，心灵得到了净化，他确信昨天已被擦拭得痕迹不留，他以前所过的都是没有灵魂的生活。

　　路虎在下坡路上飞驰着。四周都是长着白色地衣的巨大山毛榉，坡道在其间蜿蜒曲折。被群山包围的小村落和村中央的石抱桥从下方映入眼帘。从桥下钻过的喜多川在前方十公里处和与奥野川合流，那儿便是水库所在地。

　　明历年间，曾经在这一带开采过白银，银山的矿工们建造了上千座村落，里面甚至还住着倾城的美人。人一死，就被扔进下面的投骨泽，已成了这里的习俗。深山里愈加显得鲜艳的红叶环绕在投骨泽四周，远远望去真不愧是倾城美人们的墓地。

　　路虎过了石抱桥，进入了水库建成后将被淹没的河床。前方只剩下十公里平坦地段，直通豁然开阔的喜多川河岸。喜多川的对岸，四处可见从红叶的缝隙间坠落下来的小水瀑。

　　如果不修水库的话，这里是非常纯洁的自然的一部分。

现在虽然不大容易见到熊和羚羊了，但十年前还能听得见野猴群的尖叫声，看得见它们在树梢上荡来荡去。从前，一个山里的年轻人从镇上掠来美丽的姑娘，藏身深山，现在这两位老人还过着与世隔绝的生活。

这里是所谓"未被发现"的自然，水库勘查先遣队背着背包，扎着绑腿，沿着山路穿过一座座山峰来到这里之后，这里便成了"被发现的"自然了。存在的方式改变了。而且，水库上游十公里左右，在不远的将来将会沉入水底。从来不曾受到人们注意的姑娘将被发现，被诱惑，最后不得不沉潜下去吧。

现在这里的自然已被改观为有效的物质，以前无效的自然美还残留在山川的表情里。清冽的河水完全没有意识到自己的效用。在水库建成之前，工程师将如何与这种未开发的自然相协调呢？升暗想，对我来说很容易，只有这种自然才是我的朋友。

茅草屋宿舍和木结构的事务所，以及两三个住家构成的村落出现在前方荒芜的野地中央，就像是将原始森林开辟出来后的落寞的空地。几棵缠绕着枯藤的山毛榉立在空地边上的芒草丛中，前面是两条河流的交汇点，夹在两岸险峻的山峰之间。

"先去见见总工吧。"

濑山说道。升下了车，把提包放进宿舍，跟着濑山登上了事务所崭新的木楼梯。

将近正午的阳光从四方的窗户照了进来，仿佛给每个窗边都贴上了一截电光纸。

书架上的资料被阳光照射下的灰尘改变了颜色。此外，还有带日光灯的制图桌、矿石标本、地质图、成堆的设计图纸……

林总工程师从转椅上站起来迎接升。他穿着肮脏的西服，打着绑腿，脸晒得黝黑，人高马大，以致他一站起来，椅子都忍不住要欢呼解放似的。

"哎呀，城所君，我们早就盼着你来了，一再地催促，可是总公司就是不肯放你来，我们真着急啊。现阶段，最需要的就是优秀人才，其次是钱和机器。"

说完欢迎辞后，总工忽然转了话题。

"有个事先和你商量一下。现在我们正在为越冬的准备工作而忙得不可开交。如果大雪到来之前，公路能修好的话还好办，否则十一月就会大雪封山，交通断绝。这里至少要留下十个人。明年冬天公路建成，工程开工以后就没什么问题了，只是这个冬天，需要有人为雪量调查和气象观测作出牺牲，在山里过冬。所谓交通断绝主要是因为那片山岭的附近，明神泽北面的积雪很难融化，据说还有雪堆。令人头痛的是，越冬对我们来说是第一次，一直到明年融雪之前都不能出山，这么一来大家都不大愿意留下了。"

"那十个人已经定了吗?"

听到升这个提问,濑山瞪大眼睛吃惊地瞧着升的脸。总工说:

"目前正在考虑人选,首先看有没有人自愿报名,不够的话,只有平衡各方面的情况,进行选派了。"

"其实我正是为了越冬来这里的。"

升十分淡然地提出了申请,在这种形势下,他那满不在乎的口吻,具有极大的魅力。

总工不动声色地说:

"可是,你要知道是六个月呀。"

"没关系。"

"很好。这里就需要你这样冷静的勇者。"

此时的升在总工眼里彻底改观了,他毫不掩饰自己对这个年轻人的欣赏。升的外表带有一种单纯,在单纯的人眼中,便只看到了同样的单纯。升在这里也发现了和萤酒吧的加奈子一样,可以让自己放心独处的知己。

越冬对于升来说也是始料不及的事情,他之所以这样表态,是作为一名习惯于都市那种无人之境的男人对孤独的自信。

"对了,年轻的工程师们傍晚才从现场回来,所以,先让濑山陪你去现场看一看吧,今天晚上为你接风。"

总工打开朝东的窗户,指着近在眼前的断崖对升说道。

山崖上裸露着辉长岩，四处点缀着红叶，山顶上稀疏的针叶树，就像环绕天空的眼睫毛。

"翻过那座山就是福岛县了，山脚下流淌的奥野川中心便是县界。"

河流被高高的野草遮挡了，侧耳细听，水流哗哗地冲刷着光秃秃的岩石。

升的住所安顿好之后，濑山心里还是觉得别扭，他怎么也弄不明白升在想什么，就故意找碴儿似的问道：

"你是不是失恋了？越冬可不是闹着玩儿的，人又不是青蛙，怎么受得了啊。"

"我可跟一般人不一样噢。"

"那当然，你有大先生的血统啊。独身的人真是难琢磨。我在东京，就尽可能不坐独身司机的出租车，太危险。"

傍晚，年轻的工程师们结束了一天的测量、地质勘查、原石调查工作，回到了住地。洗完澡，他们都集中到了餐厅。学生食堂似的饭厅墙上，贴着"服装清洁""饭前洗手"等告示，餐桌上的白瓷花瓶里插着从 K 町带来的大朵菊花。升前来工作的消息早已不胫而走，风传城所九造的孙子在总社是个出类拔萃的人才，但是不太合群，然而升具有彻底颠覆有关自己的任何概念的天赋。于是，大家见到了一位皮肤浅黑、朴素和蔼的青年，而不是脸色苍白、书生气十足的人。没有一个人意识到他脸上流露出的纵欲的倦怠。

升从这一张张年轻的面孔中感受到了愉悦。有的人比升稍大，但多数是同辈或晚辈。有的人脸上充满幻想，有的人一副年轻气盛、愤世嫉俗的表情，还有油腔滑调的学生模样和过度亢奋而有些阴郁的脸，以及俗气又平易近人的脸……升审慎地致了辞。总工把他的越冬意向传达给大家时，一席人都对他备增亲切感。

"就是说和我们在一起啦。"

一个名叫田代的脸蛋红扑扑的年轻人说。他年纪轻轻便已具备了一个真正的工程师才会拥有的伴随一生的孩子气。

"还有一个问题，请问城所君会滑雪吧?"

"会的。"

"这可太好了。不会滑雪的人是不能有幸在这里过冬的。"大家对总工这句中学老师喜欢滥用的反语，报以开怀的笑声。一位越冬者说，和女孩子一起滑雪才有意思，自己滑就无聊了。他直言不讳地对升说道:

"像城所君那样在总社工作过一段时间的人还好一点，我一出学校门，就直接到这儿来了。"

升从这位叫佐藤的青年脸上，看到了青春的暗语。那就是对于焦躁、逸乐的憧憬，对被埋没的青春、纯洁的自我厌恶。自己的年龄和佐藤相差无几，却是从另一面来看这些问题，升反过来从大的镜片的那一端来窥视佐藤从正面所看的望远镜。

红脸蛋的田代下了结论。

"没什么，越冬的辛苦，会被水库建成时的喜悦抵消的。时时把水库放在心中，就能忍受了。"

刹那间，升意识到了这里的青年和自己的区别。他们在内心把水库转化为理想和希望、各种各样的观念，而升的水库在外部，升决不在自己的内部探索理念。在外面屹立着纯粹的物质水库。虽然和大家一道，但升建造的是另一种水库吧。

第二天，濑山开着路虎回 K 町去了，他要负责接待来水库参观的那些乌七八糟的所谓名人。

升开始了在这里的生活。他黎明即起，早晨的体操给予了他在东京那种幸福的星期日将永远持续下去的预感。深呼吸太舒畅了，吸进嘴里的空气像果实般冰凉。

升被大家奉为至宝，这是由于他具有的种种特长之中，最为突出的设计才能。公路建成后将立即着手的临时设备方案的设计，从今天起就成了升的职责。水库本体的设计早就在总社完成，但临时设备的基础设计，需要在缜密的地形测量的基础上，在现场来进行。

在水库本体的施工之前，首先要在水库上游构筑临时水泥墙，来阻挡水流，使之从河岸的山底下铺设的临时排水通道流向下游，将工地的水排净，直到水库完成。此外，构成混凝土骨架的是砂石，要将在附近开采的原石粉碎后才能制成，所以首先必须有粉碎机的设计。将搅拌机搅匀后的混凝土运到工地去，一般采用缆车从空中运输过去的办法，为此，还必须做这种缆车的基础设计。升首先参加的是这些设备的基础设计。

……在宽敞的院子里，民工们被分成了几个小组，等着担任各组组长的工程师带他们去工地。总工给升介绍了一个一个五人小组。民工们朝这位新来的组长点了点头，问了早安。今天升要去进行第一次地形测量。

民工们背着经纬仪、水平仪、卷尺和测量竿等测量器具。升在晨曦中检查着这些器具。

升的装束既不是灰色的上班服，也不是夜生活时穿的时髦西服，而是和其他人一样，穿上了夹克和草绿色的裤子，打了裹腿，还套上了日本人伟大发明之一的布袜子，怎么看都是一个地道的年轻工程师。穿上了这身必须穿的，而且是最有职业特点的服装，升成了前所未有的随心所欲之人了。说起来，过去即使有升这样的人，就连戴一条新潮领带也会遭人非议的。

红脸蛋的田代迟到了，他怀里抱着三本黑皮的野外作业记录，加入了这个小组。这三个作业记录分别是经纬仪记录、水平仪记录和坑道外记录。他身兼向导和升的助手，并负责记录工作。

水库工地在升的眼前和昨天一样巍然壮观。对岸的绝壁如同被刀削一般展示着各个地质年代的断层，主要由中生代侵入的深成岩构成，上层是黏板岩及少部分砾岩，绝大部分是辉长岩。山毛榉和栎树覆盖在岩石上，断崖边悬挂着松柏。岩壁上已经打出了不少横洞，一百五十米高的水库轮廓，已由白色勾勒了出来，很像绝壁上巨大的涂鸦。

河岸这边，工程用公路已经建成，从这边仰望对岸的悬崖，雄伟的景象令人生畏。缆车会把对岸的绝顶和这边的山顶水平地连接起来的。被红叶环绕的奥野川里流淌着冰冷的河水。这一带缺少形成激流的岩石群。

朝雾还未散尽，树林只透出了几束旭日的光照，微弱的阳光照到了没有人影的公路以及河边的野草上。

升望着将被水库埋没的这块巨大的三角形地带。

换个角度来看，这个风景令人想到化为废墟的自然。这既像巨大的东西崩溃后的遗迹，又像是耸立在笼罩旭日的薄雾之中的巨大三角形，获得了解放而休养生息，这并不是自然之中的任意的空间，是个近似废墟的新鲜而充满活力的特定空间，即凭借着纯粹的空间而得到充实的空间……

"走吧，那边有条路上山。"

记录员田代催促道。

升开始了在这里的生活。晴天去测量，雨天在架子上堆满设计图纸的中世纪图书馆似的办公室里做设计。

生活井井有条。年轻的工程师们都成了他的朋友，关于他"不合群"的传闻成了地地道道的谣言。其实，若是升不总是独来独往地去过夜生活的话，也不会有这种传闻的。不过，升确实喜欢这里的生活，所以没有比对集体生活的爱，更能使集体里大家均等地感受到的情感了。因此，无论是谁，看到这位新来者对这里的生活如此彻底地肯定，都惊讶和欣喜得不得了。可是每当看到九造的孙子香甜地吮吸着因卡路里太低而被告到公司总社的大酱汤，有人会恶意地揣测，这个继承了祖父血统的青年，想以自己的牺牲来掩盖劳务管理上的问题，是个具有令人敬畏的资本家精神的人。可是再一想，没有相当的修养，怎么可能每天都装作香甜地喝那种难以下咽的酱汤呢？

和升同屋的田代很快就对升信赖有加了。升的测量一向准确无误，而且计算迅速。夜晚，一回到房间，工作之余的升的话题简直是丰富多彩，满肚子的逸闻趣事。这些是升从萤酒吧的加奈子那儿听来的，时常被他用作和女人交往时消磨时间的笑料。在这里不过是作为复习讲给充满好奇心的新的听众而已。然而，升的房间里一下子成了无聊的人们的聚集地，这些笑谈成了毫无一丝情趣的生活的添加剂。

升常常陷入自我厌恶，担心自己会现出一副觉悟者的姿态出现。这里绝不是修道院。升并不是为了一味行善，一心照亮他人，以弥补过去而来的，完全没有必要使大家尊敬和喜欢他。这样一想，有一天，他故意阴沉着脸，谁也不理，可是，到底还是他自己破坏了计划。直到现在，他也不相信自己具有这样安稳地、平静而幸福地生活的才能。

从第三天起，在厨房干活的一个当地姑娘，就开始多给升的盘子里盛饭菜了。升还在自己抽屉里的书中发现了一封情书。她那张健康红润的脸上，长着极不协调的抒情的五官，有位年轻幼稚的工程师说她长得像某位女演员，于是，她产生了过于有分量的自信，就像费好大劲才能端起来的大铁锅那么重的自信。

升看了这封不知天高地厚的情书，不动声色地点了根火柴把它烧成了灰烬。他这么做是为了不给大家添麻烦。他想起了大学时代也同样烧掉过一封信。那是和祖父一起去拜访过两三次的旧皇族的皇妃殿下，因觉醒于流行的妇女解放而匿名写来的情书。使升吃惊的是，自己过去的生活一点也没有被这里的人看出苗头来。风流成性的人身上有股特别的气味，同样风流的人之间，立刻就能互相嗅出这种气味来，可是这里的人们和总社的古板的工程师们一样，都把升的私生活看作无色透明的。有一次，田代甚至这样嚷道：

"城所君也有恋人吧。"

他们只知道在那位二十五贯[1]的总工举行的酒席上，滔滔不绝地讲些色情故事，除此之外，就不相信还有什么特别的生活方式了。

显子来信了。那天晴空万里，升一整天都在办公室里埋头于设计，工作进展不大顺利，所以他走到书架旁，泛泛地翻阅起来。地质工学、测量学、帕罗数表、应用力学袖珍本……午休时，升一个人出去散步。可以说到这儿以后，他还是第一次自己一个人独处。

"我不至于会真的干出嫉妒这种蠢事来吧。"

这是很多平庸小说的主人公，在开始嫉妒时千篇一律的独白。然而对升来说，世上的无稽之谈数不胜数。他和显子约定进行人工恋爱。如果升这么快就开始嫉妒的话，他自己首先就会被自己也是参加者的人工性的心理所欺骗。从来不知什么是嫉妒的升，比起真正的嫉妒来，不如说自己最先落入自己编织的罗网里去的丑态，会更加伤害他的自尊心。

按照他们的约定，只要能使对方痛苦，可以在信里随意说假话。可是，他看到的信却是坦率而真诚的，不得不把那份坦率想成是虚假时，他感到受了伤害。显子在信里这样写道：我又回到了原来的生活中去，继续从绝望到绝望——换

1　日本度量衡的重量单位，1贯等于3.75公斤。

了一个又一个不能使自己愉悦的男人，他们都唾弃自己，最后以憎恶的目光盯着自己的生活。这些男人很快就被我淡忘了，只有升那毫无怨恨的温柔表情，每天萦绕在我脑海里。只有那温柔的表情才是人生的感动。

"这封信全是假的，是想要使我痛苦而编出来的。谁有本事能使我痛苦呢？我这个人是金刚不坏之身，是绝对不会嫉妒的。"

升沿着无人的河边，朝着奥野川的上游走去。穿过红叶树林，来到了一片开阔的白色芒草地，在芒草地中央，有一棵孤零零的通红的枫树。

这一带早晚要在水库建成后沉入水底。他走到田地里，贫瘠的土地上长着干瘪的大豆，突然从芒草丛中飞出了几只鸟。他来到了岸边，对岸是福岛县的一座座陡峭的山峰。接近山顶处，红叶稀疏，山脚下的红叶则是密密层层的。隆起的河床形成浅滩，河水哗哗地流淌着。

升寻找着声音的源头。听声音不像是仅仅来自浅滩，他发现对岸山上的红叶阴影里，伫立着一道白色的东西，原来那是一条白色的瀑布。

他总觉得这条小小的瀑布很像显子，这段路的距离正适合散步，他打算以后还来这里。

第三章

濑山对升有一个可笑的误解。和升一起去萤酒吧喝酒时，他看见女招待们和升说话那么随便，就以为升和她们的关系不一般。

明天濑山要回东京一天，临走之前，他特意勤快地跑来问升要不要带话给那些女人。升说昨天刚收到萤酒吧全体女人们的来信，回头自己再给她们写回信，濑山要是去萤酒吧的话，顺便代他问她们好。濑山意味深长地理解这个"代好"，郑重其事地答应下来之后，说道：

"进入越冬时期后，K町就无事可干了，以后我肯定会常常回东京的。所以，我觉得现在不用急着把老婆孩子接到这里来。这里缺医少药，天气又寒冷，不方便带孩子来，我想等明年夏天再让他们过来。"

濑山喜欢以商量的口吻跟别人谈论自己的私事，最后还多余地补充了一句：

"再说我老婆特别怕冷。"

升有点害怕收到显子的第二封信，接到第一封信后，故意拖延了好几天才给她写回信。

起初他打算写封说谎的信，为了表示自己相信对方是在说谎，自己也必须说谎。这个纯粹任性的策略建立在下面的推理上：如果对方的信写的是事实的话，就会认为升的虚假的信也是事实；如果对方是在说谎，也会以为升是在说谎。出于自己痛苦而对方不痛苦这种奇妙而谦虚的自信，升尽力不去设想会有与上面的推测相反的情况。而且，以前升尽管为了虚荣心时常隐瞒自己干的风流韵事，却从没有为了可怜的虚荣心而历数根本没有做过的风流事。

他一把撕掉了刚写了几句的信，自言自语道：

"如果对方把我写的假话当真的话，那么我如实写的话，对方也会反过来想而感到痛苦的。哪一种写法更能够使对方痛苦呢？"

这是个奇特的体验，迄今为止除了对方是否愿意跟自己上床外，升从没有思考过女人内心深处在想些什么。现在他想的不是肉体而是心灵。他想在对方的内心建立某种假设。这样做的话，世界就会埋没于无穷无尽的"假如"中去……升决定不写回信。

"活着，难道一定要相信什么吗？"第二天午休时，他又一个人沿着奥野川河畔往上游走时，这样想道。"我有必要像吞下苦药一样，完全相信那封信吗？从信上看的确也有说真话的地方，然而我已经没有了相信真实的单纯了。相信也没有用，决不能相信。其实相信女人的真实和相信女人的虚假是一回事。"

他觉得自己感慨于这种平庸的定理实在可笑。走在红叶日渐衰败的下坡路上，望着山脚下烧炭的黑烟，他又为自己产生这番平凡的感悟而惊讶。

"人也可以那样生活。"

路边有焚烧杂草的痕迹，草地被斑斑驳驳地烧成野蛮而新鲜的黑灰色，升对此有了兴趣，他寻着人们踩过的脚印，用力踩了过去。灰烬在升的鞋底喳喳作响，他的脚印清晰地印在柔软的土地上。虽说是自己的脚印，却是从别人鲜明的脚印上获得力量的。

道路豁然开阔，这是个二百坪大的校园。校园里有秋千，还有跷跷板。从状似神社的茅草房顶的小小学校里传来风琴声。这是个小学兼中学的学校，学生只有十个人。

升继续往前走，又是一片开阔地，这里有个山中小屋似的小客店，叫奥野庄。据说水库的负责人在这里吃饭时，见店里连四个一样的盘子都没有，惊讶不已。这客店看起来很是冷清。

　　升想起来忘了去看那条瀑布了，便抄着难走的小路返回了河边。水瀑在红叶的阴影里流淌着，起风了，落叶被刮得满地都是，细细的水瀑就像在梳洗打扮似的将飞沫溅到了岩石上。

　　升又继续往上游走，见红叶丛中耸立着一棵浓绿的杉树，这时传来了一阵说笑声和歌声。侧耳细听，那是新潟的古民谣相川小调的一节。这合唱声听起来很稚嫩。

……

风浪乍起波涛涌

义经[1]公拔箭竟脱手

浪水退去箭难追

……

　　升循着歌声跑去，潺潺流水中夹杂着从高处溅落的水流声，红叶丛中烟雾缭绕。升从山上下到河边，看见了光着身子的佐藤，吃了一惊。

　　"这儿可是个露天温泉哟，你还不知道啊？"

　　佐藤是原石调查组的组长。午休时，他把组里的民工带到这里来，让他们洗个澡。

1　源义经 (1159—1189)，日本平安时代末期的名将。源义朝的第九子，幼名牛若。武艺高强，战功赫赫，后为其兄源赖朝所迫，自杀身亡。

透明的热水，注入了岩石围成的浴池里，溢出来的温泉流进河里，热气腾腾。光着身子的民工们在池里向升点了点头。升也把衣服脱在岩石上，泡进了水里。水池紧挨着奥野川湍急的河流，风一吹，落叶纷纷掉到头上。从温泉里出来的年轻人滑溜溜的脊背上，都沾上了不少红色和黄色的落叶。升也跟着大伙唱起来。

泡温泉，融化了升的心，当天晚上，升给显子写的信，变得格外坦诚。

他写了一封十分坦率、真实的回信：在这里毫无女人的气息，每天的生活和在城里时的自己大不相同，而且自信可以长期坚持下去。工作间隙，便一个人出去散步，发现了一条很像显子的小小的瀑布，在那条路上，还顺便泡了一个靠近河边的天然温泉。

次日起就进入了这个地方特有的晚秋时节短暂的雨季。濑山从K町托人送来了萤酒吧女人们的一大包慰问品。当晚，升当着同事们的面打开了包裹。有好几瓶贴着黑标签的苏格兰威士忌，还有羊羹罐头、纯毛西服背心、澳毛围巾和一瓶科涅克[1]。老板娘听濑山说将要断绝交通，便着急忙慌地提前一个月把年货给送来了。大家看到这些高档慰问品都吃惊

1　法国科涅克地方产的白兰地酒。

得闭不上嘴，升大方地把这些东西平分给大家后说道：

"是祖父照顾过的女人送来的。她是个古道热肠、讲义气的女人，像母亲一样关照我。"事实上也是这样的。没想到第二天升听到了关于自己的奇妙的传言，说那些东西多半是未公开的母亲的礼物，升其实不是九造的孙子，而是妾生的儿子。

最先把大家在饭堂里嘀咕的这些话传给升的，是那个帮厨的女孩，她总算出了一口怨气，傲然地说给升听，然后仿佛真有那么回事似的对他说："你也别太自以为了不起了。"

越冬的准备正在顺利进行，卡车冒着雨一趟趟送来够几个月吃的粮食。

准备越冬的年轻人都到K町做了健康检查。已经割掉盲肠和会滑雪是越冬的条件。升一向身体健康，只得过一次像样的病就是盲肠炎，没想到在这儿发挥了作用，完全符合条件。濑山也来了，在诊疗室里，他无所事事地叉开腿跨在火盆上取暖，一边大声地说：

"没有盲肠这点我倒是够条件，可是长这么大没滑过雪，不可能让我过冬的。"

"我们也不希望你越冬，你这人事太多。"

田代一边穿着衣服一边说。

"越冬是有报酬的，够买台照相机。给我那个小子做个相册是我的梦想，可是我连台相机也买不起。"

"那你现在赶紧练习滑雪吧。"

田代嘲笑着根本无意越冬的濑山。

"到了我这个岁数学什么也来不及了。滑雪是有钱的学生玩的，我当学生的时候，哪有条件去滑雪呀。"

晚上，总工在 K 町为越冬者们饯行，在乡村艺伎们面前，照例演说了一番。冬天这段时间，总工将往返于 K 町的事务所和东京的总公司之间。

濑山近来不再接待日渐减少的参观者，管起了越冬的物资准备工作，在 K 町和水库之间来回跑。

升收到了显子的第二封信，和第一封信相比判若两人，简直和升的回信如出一辙。因为，这封信里她没有谈到别的男人。

显子的笔迹给人以干枯的印象，她用的是黑墨水和粗粗的钢笔尖。纯白色没有线格的厚信纸上，印有她丈夫家家纹的藤花图案。

她详细地描述了那一晚的回忆，感叹着这已成回忆的往事。第一次使用了"我想你"这个词语，说她正在考虑背着丈夫偷偷离开东京来和他相会的好办法。她那柔情蜜意让人感动，但这封热情奔放的的信又属于司空见惯的那种情书。

我是不会被花言巧语的情书打动的，能够打动我的是司空见惯又不虚伪的信。显子的信恰好符合这一条件，差一点就打动了升的心，这反倒使这个固执的青年不大高兴。

"这封信太文学化了。"升想。字面上平平静静，却隐含着撩拨人心的情趣，和升平淡的信不同。

使他感到难过的是，当他为发现了显子的感情的存在而惊讶时，就等于为发现了自己的感情而惊讶。曾从显子那种超人般的冷血中，看到自己的复制品或者标本的升，今天才发现了显子的情绪化才能，这就等于也发现了自己身上同样的东西。他们两人竟是如此相像。尤其使他烦恼的是，他明白了显子的弱点和自己的弱点完全一样。

弱点？……升觉得显子这封真实的信更使他痛苦。升的所谓"文学的感动"越强烈，这封信越使人疑心生暗鬼。

"她在模仿我呢。她把我的坦率的回信看作对第一封信的无言的抗议。所以这回态度一变，装腔作势，夸张了一番美好的感情。"

不能抱怨说升不像是经历过那么多艳遇的浪荡公子，升从没有给女人写过一封信，因为没有这个必要。即便写信也是简单的约会之类。不管对方怎么想，升可是没抱什么感情的。

结果，升总以为自己给予对方的只有肉体的感动，不知道自己也能给予对方以纯粹而朴素的感动。自己所写的有关那条小小的瀑布、泡温泉以及孤寂山林中的生活的回信，文笔虽然不算漂亮，第三者看了都会感动的。

……他把脸凑近了显子的信，闻到了一股特有的香水味。

升不知道这是什么香水，但觉得显子很会选择适合自己的香水。那优雅、黯淡、沉甸甸的浓烈的甘美中，含有令人发怵的金属般的冷漠，它又像是在黑暗的庭院里散步时，那飘溢的花香，而且是经过多次雨水的、半枯萎了的花朵，发散在深夜凝滞的空气中的余香。

这个气味使升想起了和服从显子肩头滑落时的窸窣声，还有那白色绉绸上自肩头垂下的紫藤花束，乱菊点缀着下摆的盛装和服，以及黑暗中隐约可见的美丽的尸体般的肉体……

这些回忆使升突然嫉妒起来，他觉得显子把这种香水洒在信纸上，是为了补充纯洁书信中的言外之意。他想到了从没有想过的显子的丈夫。

升真正感到了不愉快，而且这莫名其妙的嫉妒，使他为自己缺乏想象力而叹息。他开始害怕显子的来信了。与其这样，还不如不要收到她的信。于是他赶紧写了封简短的回信，末尾附上了这么一段：

"当你收到这封信时，我们已进入了越冬状态。第一场雪一下，交通就断绝了，直到雪融化之前不能通信了。电信电话是唯一的联络方式，可是那部电话是利用高压线的传达电话，只能通到 K 町。因此寄到 K 町事务所的信件中，明信片由办事员在电话里念给收信人听。信则要征得本人同意才能开封，并以同样的方式来传达。你在写信的时候要想到这一点。"

这么一来，显子的假话就有了非常客观的理由，她即便说假话，也不是为了升，而是顾忌办事员了。

升放心地封上了信封，第二天早上在投信前，他犹豫着又打开了信封。他忽然想到这是不经过办事员过目的最后一封信，所以应该有些实质性的内容。他又重新改写了一遍，处处更换了温柔的词语。最后竟忘了自己一向的规矩，写了一句"我爱你"。升心满意足地想，这回可是撒了个具有决定胜负意义的大谎言。

二十吨煤炭以及酒、大米、干菜、各种干货、罐头等等差不多都运来了。十名工程师和一名医生、两名炊事员只等着越冬。厨房的姑娘们回到了下游的村子，三个女佣也回 K 町去了。那个写情书的姑娘把自己的一张小照送给了升，说是作为留念。升问她为什么是留念，她说春天再见面之前，她就要嫁人了。

医生请无线电技师给 K 町拍了好几封电报，由濑山负责的药品还有一批没有送到，医生为此很着急。

下了好多天的雨总算停了，天气寒冷，阳光明媚。中午 K 町来了电报，说医药品全部备齐了，下午濑山跟车送来。这批药品一到，越冬就算准备就绪了，濑山的任务也就完成了。到了下午，云层开始增厚，阳光渐渐微弱下来。傍晚的时候，红叶已落尽的寂寞的山间公路上响起了路虎的引擎声。

这一个月来对当地情况有了一些了解的濑山，在大家的迎接下，大模大样地下了车，俨然一副接受摄影记者欢迎的架势，和在东京时走沟边躲车时像换了一个人。升觉得好笑，濑山一定是在模仿总工的派头呢。只要赖山和升两人时，他总把这句话挂在嘴边：

"有什么呀，在工地这儿，会虚张声势就行。"

和大家吃完最后一顿告别晚餐，就要马上返回的濑山，在饭桌上又大肆吹嘘了一通。

"粮食和燃料都准备得充分得不能再充分了，大家尽管放心，卡路里方面也是经过了认真研究的。"

晚饭后，濑山特意把升叫到没人的屋子里。

"你得多注意身体呀。你要是有个好歹，我就无颜面对大先生的在天之灵了。"

"别这么说，是我自愿留下的，无论发生了什么事都是我自找的。"

"自找的，哼！虽说是心血来潮，可哪有你这样的呀，要是真想要照相机还可以理解，可是你早就有一台崭新的徕卡了。"

升笑着握了握濑山的手。濑山的方脸上那双小小的三角眼里泪光闪闪，升很意外。

在阴沉的夜空下，大家出来送濑山。这大概是雪融化前，最后看到山外的人吧。喝醉了的年轻工程师们，挨个儿拍着濑山的肩膀。濑山坐进了路虎的助手席。

司机把发动机钥匙插了进去，摁下了启动键的按钮，响起了引擎的声音，却发动不起来。引擎在空响，怎么也打不着火，渐渐连声音也没有了。司机一个劲地摁启动键。

"喂，别瞎摁了，白废电池。"田代嚷道。司机歪着头直纳闷。

"奇怪呀，不知道出了什么毛病。我想起来了，刚才快到这儿的时候，轧了个石头，听见了一个怪声。"

"濑山君，出故障了。外面太冷，你先进屋里等着吧。"

留司机在外面修车，濑山再次返回食堂的火炉边时，情绪低落，就像变了个人，惴惴不安的，好像脑子发蒙了似的。

不一会儿，司机甩着脏手套，进来说道：

"不行了，不行了。好像是汽油喷嘴坏了，得修一夜。大家帮帮忙，把车推到车库里去。"

大家一窝蜂地跑出去了，升也要跟出去，被濑山拦住了。

"城所君，我可怎么办哪？"

"还能怎么办，等着修好了再走呗。今晚就放心地住下好了。"

"你说这话也太无情无义了，如果今天晚上下了雪……"

"那就是时运了。"升虽然嘴上这么说，心里却很同情濑山，就上楼去自己的房间里，拿来一瓶萤酒吧送来的威士忌，濑山愁容满面地慢慢喝了起来。

由于人数减少了一半，每个人都占据了一间屋子。濑山想和升喝酒，就到升的房间里来，两人消灭了那瓶威士忌。大为伤感的濑山，破天荒地说起了过去在城所家当书生时的事。升早已忘记自己小时候曾用墨笔在濑山的脸上画了个大大的八字胡的事，这些都是后来听家人说的。

濑山越说越没有顾忌了。

"我是昭和十二年去你家学习的。就是国家总动员法实施的前一年，自由主义经济的最后一年。先生真了不起，你的祖父才是真正的明治实业家。先生一直不屈服于战争中的电力管制，即使今天他还健在，也和买办资本家有根本的区别。你大概不记得了，先生很早就开始在家里招收书生了，少则七人，多则十五六人。我是没什么出息的，这些书生中后来出了四个大臣呢。"

濑山絮絮叨叨地说着说着就睡着了。

……升一觉醒来，觉得窗帘外格外明亮。旁边的濑山正在酣睡，看他的表情似乎连梦都没做。升想象着若是给他画上个八字胡，也许会表现出像他这种对生活毫不厌倦的人特有的威严。

升感觉很冷。他套上厚棉袢，系上腰带，起来打开了窗帘。

外面在下雪。已经积了厚厚的一层，视野变窄了，只能看见五天前关门撤走的对面杂货店房顶上落着的积雪。被封死的大门外，也堆起了雪堆，杂货店一半变成了白色。

濑山回不去了。升回头看了看他的睡脸，心想还是先别告诉他为好，等他自己醒来再说吧，现在叫醒他也无济于事。

没有风，只有厚厚的鹅毛大雪铺天盖地地下着。往天上望去，这柔软微小的力量，聚集在一起，向大地扑来，气势逼人，却悄无声息。

升内心涌起了喜悦，他与外界完全隔绝了。

升虽然不愿意承认这一点，可是他一直惧怕的不正是现实吗？这么说可能会贻笑大方，这个养尊处优的孤儿的这一倾向，即使不完全来自于祖父的遗传，也多少受其影响。城所九造的那般热情，那般固执，尽管是基于无穷的精力，和不知厌倦的现世支配欲，然而，能说没有一点被现实的恐怖所驱赶之人的狂躁吗?

"不会再收到显子让人烦恼的信了。"这位浪荡公子想着,"我面临着漫长的冬天,这里只有非人性的隔绝的自然。而且,那边还有水库,那是石头、水泥和钢材构成的巨大的水库。那不是未来,不是与今天相连接的明天。今后大约三四年我要生活在这个没有时间的物质当中,创造出一个庞然大物来。我也能够为了目标全身心投入的,只是以和其他人不同的方式。"

就在升沉浸于奇特的念头时,濑山终于醒来了。他以一家之长的慵懒表情看了看四周,见旁边没人,便自言自语着"好冷啊"。

他习惯性地在枕头边找烟时,看见了窗外的大雪,惊叫了起来。尽管升已做了充分的思想准备,还是受不了他那悲痛欲绝的叫唤。

"下雪了?"

"下雪了。"

升无可奈何地答道。濑山颓然地盘腿坐在床上,然后抱着一线希望走到窗边,查看下雪的情况,他说:

"雪不算大,还能回去。车已经修好了吧?"

升沉默着。

"是吧,能回去吧?"

66

濑山又说了一遍。

"不行啊，你也得越冬了。"

可以想象得到后来濑山怎样疯了似的诉起苦来。他喊着老婆孩子的名字。他赖以生存的人际关系完全断绝了，最后濑山居然把这次偶然的事故，也归结到人事关系上去了。

"阴谋！这是阴谋！"他下了断言，"从K町出发前一定有人破坏了那个管子，使它在刚刚到达时才坏……没错，肯定是这么回事。准是公司里的反城所派干的，我都能猜到是谁。想把我禁闭在这个偏僻的地方，再篡夺我的位子，他们太卑鄙了。升君，大家都叛变了，把你和我关在这种地方，是打算斩断城所派的根系哪。我们成了人质了。"

一到这种事上，濑山那烂漫的空想可谓无边无际。他重复了好几遍"真是欲哭无泪啊"这句话。昨晚和升分手时流的泪，如果是一点点人情泪的话，濑山的泪腺还是很发达的，然而一到这么吃紧的自己的问题上，就没有了眼泪，却代之以无穷的空想了。

升不忍面对这个可怜的男人，默默地站在窗边望着漫天的大雪。这大雪不仅把升与外界隔绝，也使濑山与外界隔绝了。这个有家的男人的"火热的亲情纽带"也同样被眼前的大雪切断了。说累了的濑山沉默下来，和升并肩眺望着那无声的雪花。

良久，濑山有气无力地喃喃道：

"是阴谋……这是阴谋……"

升这回能够理解了，以濑山的性格，似乎将所有现象都用人际关系来解释，才能对他有所慰藉吧。

第四章

大雪连着下了好几天，入冬以来第一场雪，就罕见地成了不融化的积雪。十天前也下了一次初雪，那只是天快亮时零星下了一点，早上起来一看，已经融化得分不出是霜还是雪了。

大家表面上都表现出很同情濑山的样子，其实，越冬后的头一个星期，由于濑山的这出不折不扣的喜剧，大家的严肃和悲怆竟一扫而光。濑山整天抱着电话，想方设法地寻求补救措施，终于他明白了自己必须是个滑雪健将，才有可能从山里出去，很可惜，濑山不是。

他一把鼻涕一把泪地请公司关照妻子和孩子，他认识到现在除了求得同情外别无良策，索性夸大其词地宣称要抱着殉职的精神准备留在这里。偷听了电话的田代，跑来学给升听时，笑得气都喘不上来了。

　　除濑山和一名炊事员外，在所有二十多岁的年轻人中数田代最小，他脸蛋红红的，充满了活力。他很喜欢越冬的生活，像个睡觉前总要闹一通的小娃娃似的，一个人在由于阴暗的雪天而整天开着灯的屋子里穷折腾。显然他相信自己是"被选拔出来的人"。"这样的人，会最先扛不住的。"升怀着不安的心情，注视着这个笑得眼泪都出来了的像小狗一样活蹦乱跳的小伙子。

　　不过，升很羡慕他那种易受挫折的青春。

　　"四年前，我像田代这么大的时候，要比他老成多了。现在想起来真让我害怕，那时我看女人时，总是在期待着她的某种反应。可以说我曾经是个相当可恶的少年吧。"

　　升忘记了自己才二十七岁。

　　在经验丰富的炊事员的指挥下，没有遮雨板的玻璃窗外，全钉上了监狱一样的木板条。大家还修理了滑雪板。

　　雪后的早上，在滑雪之前，工程师们要先完成各自的工作。升和三个人穿上滑雪板，去调查奥野川的流量，还有四个人去调查积雪量，剩下的人再加上濑山、司机和医生用大饭勺似的木锄清除屋顶的积雪。

　　积雪有齐胸那么深。冷冰冰的太阳普照着大地，四周的群山又清晰地浮现了出来。银装素裹的山峦巍然屹立，阳光照耀之处，腾起了朦胧的水蒸气，山谷的暗影呈现出青绿色，以一种比红叶覆盖时更为原始的，犹如刚刚降生的姿态耸立在那里。

升一行从枫树林下面滑过时，树梢上落下的雪团掉进了田代的脖子里，凉得他直叫唤。

他们来到了奥野川上游的木箱索道桥。这是将一个浅浅的木箱吊在联结两岸的绳索上来渡河的装置，木箱里面只能坐下一个人。两岸的木桩旁竖着测量标杆，对岸有个蜂巢状的自动测水器。

大家脱掉了滑雪板。覆盖在岸边芦苇上的雪很柔软，靠近岸边的地方结了一层薄冰，奥野川却没有一点冻冰的迹象，滔滔地流淌着。大家像孩子一样，猜拳来决定先后顺序，冻僵的手笨拙地做出剪子的形状。

轮到升时，他接过田代递给他的流速计，坐进了木箱，木箱摇晃得很厉害，大家扶着升坐稳。

现在是一天之中山里能见到太阳的一段有限的时间。升坐在摇来荡去的木箱里，被绳索的反光和河水的波光晃得睁不开眼，只觉得眼前仿佛一片耀眼的茫茫白雪。他恍然觉得无论自己掉到哪里，都是在光照之中，不会感到疼痛的。

升自己拽动着绳索，木箱慢慢朝着水流中心移动过去。

"喂，就是那儿。"

岸边的田代向他喊道。升用冻僵的手将系着流速计的绳子朝河中放了下去……

　　晚饭后，大伙围着火炉聊天，中心人物是一向有着说不完的话题的升。升给人印象是个很能山侃海聊的人，然而一谈到水库，他只说了一句："人生都是虚的，只有水库才是实的。"这是他平时思考的闪现，他这一过激而超越的思想，给这些年轻人以强烈的触动。

　　好容易适应了这里生活的濑山，觉得不能漠视这种思想的泛滥，起而反击。在他看来，升对问题的看法是对他的挑战，乃至嘲弄。再加上搞技术的和搞管理的人之间一贯不和的经验，他感到对于技术与人之间的问题，有必要敦促人们彻底地反省。

　　"你说水库重要？"他操着浓重的广岛腔急忙打断了升的话。

　　"水库不就是钢筋水泥的吗，它也是人造出来的呀。比方说，我儿子今年五岁，过十五年就是二十岁，如果那时我儿子当了兵，上了战场的话，追根寻源可以说是由于奥野川水库的三十万千瓦的最大发电量促进了军需工业的发展。他父亲也参加了水库的建设，这不就等于父亲为亲手杀死自己的孩子而干活吗？"

　　"这不是杞人忧天吗。"有人说道。

　　"说得没错。水库就是这种玩意儿，是人为了人建造的。所以说，水库也不过是人际关系的一环哪。人们常说自然和科学的对立，这仅仅是抽象的表现。虽说都是同样形状，同样大小的水库，但中共建造的水库和我们现在建的水库完全不一样。因为水库与人类社会的关系有所不同。"

"如果双方都是用于军需目的的电力开发的话，又有什么不同呢？"又有一个人反驳道。

"我不是共产主义者，我并没有说中共的水库出于和平的目的，我们的水库不是。只是我理解不了你们技术工作者的所谓理想主义。"

"因为你不是站在创造物质的立场上的。"有人说。

"这话不错，我的确不是站在创造物质的立场上的，创造物质的喜悦也当然是符合人性的。然而，你们创造出来的东西并不是玫瑰花或假山石，而是有着经济效用的，或者说原本就是具有经济效用的东西。就连制造原子弹的人，恐怕也有创造的喜悦嘛。"

"听你这意思，种玫瑰的人不想着玫瑰的刺会扎人，就种不出来了？"有人问道。

"是啊，没错。创造的喜悦仅仅是人类的喜悦的时代已经和十九世纪的市民社会一起终结了。现在制作一次性的筷子，也不一定光是用于吃饭。出口到美国后，或许会在某化学武器的实验室中作为不良导体的镊子而被启用也未可知。近来美国人也会用筷子了。总之不存在人类制造的东西这种东西，根本没有工人式的良心制作的纯粹的物质这种东西了。物质不仅仅是物质，必定产生某种效用。无论科学的产物，还是艺术品，一切的一切都不过是介于某种关系而存在。何况像水库这样的，物质即效用这种东西被用于什么目的，根本无从知道。你们制造它时可以具有技术工作者的良心，但是，对水库所具有的各种关系视而不见地拼命干活，只能说是愚蠢了。"

"那么只注重关系的人就没有良心可言吗？那样的话，也就是说除了政治性的目的的意识外不可能有良心这一说了？"有人问。

"从逻辑上说，应该是这样的。不过，我倒是认可抽象意义上的技术工作者的良心。"

"这才是关键呀，"升终于开了口，"你承认的只是不偏不倚、无可无不可的良心，调和主义的良心，不负责任的良心，决不迈出自己桌子半步的良心，对吧。这就是坐办公室的人的良心。你既然这么说，那就让你们这些坐办公室的人来建水库，岂不更好。"

"你可真是不留情面啊，"绝不会生气的濑山答道，"反正我已习惯于对没有人情味的理想主义保持警惕的态度了。那么你怎么样呢？既不同意我说的抽象的技术工作者的良心，而且多半也不抱有政治性的目的意识，那么你的理想主义的那种技术性的根据是什么呢？"

升调皮地转动着俊美而清澈的眼睛答道：

"就是能够变得盲目的才能。"

升觉得且不说濑山滥用的"人性的"这样不洁的词语，实际上在人性主义包裹下的时代的技术里，我们制造的东西也能实现神的意志，也能有益于人们的幸福安乐的调和[1]，并具有使命感。我们的时代失去了这些是事实，然而如果没有一些人不顾一切地投身其中，没有一些人集中精力和热情的话，有些工作是绝对完成不了的，这也是事实。工作这种东西本来即是如此，中世纪的工匠的良心和十九世纪的资本家的勤劳，都表明了他们没有把工作看作它以外的什么。

技术完全机械化的时代一旦到来，人类的热情就会消失，精力就成了多余的东西，所以倾注于科技进步上的热情和精力也具有自我否定的侧面。庆幸的是，事态还没有发展到那一步。

水库建设在这个意义上是一种象征性的事业。我们开发山川这些大自然的效用，今天还可以有幸作为发挥我们人类自身能力、热情和精力的代价来接受。等到自然的效用开发到了尽头，不到连地球的渣滓都被利用的荒废的极点时，人类的热情和精力绝不会消失，升坚信这一点。

修筑水库的技术，既是自然与人类之间的搏斗，也是对话，是人类为发掘自然未知的效用，而自觉到自身未知能力

1　莱布尼兹的学说。世界秩序的和谐，是根据神的意志事先安排决定的。

的一种自我发现。

技术失去了那种幸福的预定调和，失去了人性主义的使命感和分工意义，尽管孤独却具有了征服珠穆朗玛峰般的人性的意义。总之并不是像濑山所说的那样，是软弱的技术人员的良心在追随被置于一定的构造下的技术，相反，应该是技术在追随着人对于开发自身能力的要求。这种要求在濑山眼里不过是空幻的理想主义而已。

能变得盲目的才能……为了发现自身必须变得盲目起来。升原本想说的是"集中精力的才能"，却说出了这句话。但他知道只观看的人是绝不行动的。

……在这样的集体生活中，互相之间渐渐就无密可保了，佐藤公开了他梦幻般的单相思对象，医生公开了自己有未婚妻的事，田代则三句话不离有关母亲的话题。

升的母亲是得产褥热死的，他只看过她的照片，或听家人讲过母亲的事，因此田代对健在的母亲的细腻情感引起了升的兴趣。田代不喜欢父亲，对母亲却赞不绝口。他跟升说出了中学时使他感到羞愧的往事，就是他曾发疯般地嫉妒过母亲那刚刚有些苗头的恋爱。

那人是父亲同乡的后代，私立大学的学生，常来家里玩，还帮着田代做功课。田代从一开始就反感他，渐渐对他越来越厌恶起来，对他的一举手一投足都看不惯。觉得他笑的样子龌龊不堪，他偶尔哼的几声歌也令人起鸡皮疙瘩，就连他戴帽子时，先用拳头从里面捅一下，再戴到头上的毛病，都卑俗得使人不快。一次，田代在一个唱片店里听到了那个学生常哼的歌，觉得很好听，可是，不知为什么，只要那个学生一唱，就变得难听了。

一天晚上，和父母一起吃饭时，田代说：

"我讨厌大岛，不想让他给我看作业了。最好以后别让他到家里来了。"

父亲一听就发了怒，他觉得小孩子对自己关照的同乡不敬，就等于轻视自己的家乡。总之，后来田代一想起这件事，就感到家长也有对孩子不公平的时候。

"浑蛋，胡说什么！大岛是秀才，前途远大。像你这种小毛孩懂什么！"

"可是我就是不喜欢他。"

脾气暴躁的父亲，拿起饭碗就朝着田代掷过来，田代一躲，碗砸到了拉门上，把淡黄色拉门打穿了一个洞。

父亲发火时一向是粗暴的，他骂道：

"你干吗要躲？"

他边骂边站了起来。母亲赶紧好言相劝，阻止了父亲。之后田代被母亲带到了厢房里去了。

他现在还记得，那是个春天的傍晚，厢房前有一棵盛开的八重樱，还有开始落花的山茶花和贴梗海棠。一朵鲜红的山茶花，以及木瓜桃红色和月白色的花瓣落在已经昏暗下来的潮湿的泥土上。隔壁院子里有人在荡秋千。

在黑暗的房间里，母亲美丽的眼睛微微发蓝。

"去跟爸爸道歉。"母亲有些严厉地说。

田代沉默着。他觉得父亲没有理由那么生气，而且父亲为了大岛那么生气，似乎找错了对象，实在有点滑稽。父亲是不是犯糊涂了。

"听话，去跟爸爸道歉。"

母亲和蔼了一些，又说了一遍。

田代还是不吭声。

这时母亲脸上的表情突然变了，眼光暗淡了下来，有些发青。母亲异常和蔼地、却一字一句地说道：

"有什么别的原因吗？你说讨厌大岛，是不是他跟你说了什么让你讨厌的话了？告诉妈妈，他说了什么？"

田代从母亲的脸上看到了恐怖的东西。母子间的宁静消失了，第三者插了进来，母亲的脸好像变成了第三者的脸。田代死也不愿意看见母亲这样的表情。他学着大人的嗓音，粗声粗气地说了句：

"他什么也没说。"

……

"从那以后，我知道了嫉妒。我清楚自己无缘无故地讨厌大岛，就是出于嫉妒。我那时十四岁，那个年龄的孩子怪得很。我后来很苦恼，像女孩子那样耍赖，饭也不好好吃，身体越来越瘦。母亲非常担心，对大岛的态度明显有所改变，我的身体也就好起来了。从那以来，母亲一直是我一个人的母亲。这副手套，这件毛衣都是母亲给我织的。"

"是啊，人连自己属于谁都不知道啊！"升感叹道，"你的母亲万万想不到你会争所有权，要是你父亲嫉妒还没什么可说的，看来你母亲输给了半路杀出来的嫉妒。"

"是这么回事。"

红脸蛋的田代，就像偷吃了东西的孩子那样，满足地笑了。

对于田代毫不体谅母亲为了孩子而放弃爱情的绝望，升感到十分惊讶。无论哪种爱都是自私的，这一发现让升也觉得不可思议。母亲生下自己的同时便离开了这个世界，他没能成为这种母爱的对象，这倒使他为自己感到高兴。因为他感到带到这里来的旧相册里，自己以特别的感情，即所谓不被世俗的爱情法则所束缚的特别的爱来珍视的只有母亲的几张照片。

十二月上旬的一天，升和同事们再次去那个木箱索道桥测量流量，由于工作提早完成，他们趁着天还没有黑，滑雪横穿银山平，来到了喜多川的河畔，这时，打头的人停了下来，做了个手势让大家别出声，指着对岸西面的山顶。

太阳被山挡住了，冷飕飕的。从远处看，白雪覆盖的绝壁上到处都是黑洞，那是凸起的凝灰岩。喜多川在峭壁下潺潺地流着。

山顶上的天空很明亮，呈现出透明的浅杏黄色，高空的湛蓝色愈加透彻而清洌。山顶四周的雪格外耀眼，和绝壁上的暗雪形成了对照，就在那明暗交界处伫立着一头羚羊。

羚羊身上的毛又黑又长，由于逆光站立，而成了剪影，只能看见犹如铁铸一般的坚硬轮廓。威风凛凛的犄角朝后弯曲着，在夕阳下熠熠生辉。

羚羊一动不动地站着。

突然羚羊不见了，注视着它的人们，没看清羚羊转身跑走的瞬间，只觉得它那一动不动的身影突然间消失了。

大家很满足地朝住地滑去。升边滑雪边想：

"羚羊……antelope（羚羊）……misanthrope（厌恶人类的人）……真是奇妙的韵脚。"

看到羚羊后的第二天起，连阴了好几天，温度骤然下降，开始进入了漫长的暴风雪天气。一天早上，升睁开眼睛，看见从窗户缝隙里刮进来的雪粒，成一条直线，从榻榻米直到被子上。它那犹如针一样的尖端在被子中央断掉了。

积雪一天天地增高，堆积到了窗户根，而且每天都在一格一格地掩埋着玻璃窗，最后，窗户整个被雪遮盖了。

　　屋顶上的雪一天比一天增厚，走廊的拉门和玻璃窗，都被沉重的房顶压得连开关都费劲了。

　　那位路虎的司机倒是过得很逍遥，他似乎不觉得濑山的被迫越冬和让一辆车闲置在山里一冬天是自己的责任。反正工资会给他存着，又是单身，所以整天无忧无虑的。他特别能睡觉，大家都非常惊讶。

　　"那家伙是不是想在这儿冬眠哪？"

　　以至于田代这样说他。这个司机大概已习惯于坐在黑暗的车里等那些不守时间的人了，这次只不过是将等的时间延长为六个月而已。没什么需要他帮忙的，他也不抱怨无事可干。他吃了就睡，睡醒了就哼哼流行歌曲。他很懒，不喜欢滑雪这种快活的运动。炊事员倒是非常赞成他不去滑雪，因为觉得这个饭桶要是再去滑雪，消化就更快了，谁受得了啊。

　　升对濑山的"人性的"这个词非常感兴趣。在城市里时，升几乎已经丧失了对他人的关注。

　　升甚至发现了从没有注意到的濑山的优点，即从不掩饰自己的感情，那旁若无人之态，实在可爱之极。

　　濑山具有所谓玻璃罩般的性格。犹如透过水族馆的那种永不会损坏的玻璃罩，可以清楚地看见穿梭于小小岩洞的鱼群。

被大雪封闭在山里的开头几天，他的悲叹叫人耳不忍闻。生来不具有演悲剧才能的人必须演悲剧才是真正的悲剧。他那被束缚的激情没有一点与他相吻合，他似乎忽视了每个人的感情在达到对别人具有说服力之前，所必不可少的程序。

朴素的感情应该伴有真正朴素的表现形式。可是濑山的表现只能说都是不成形的。在总社工作时，他连说话方式都循规蹈矩，全是公司职员特有的套话，例如"这个问题嘛，要好好研究一下"或者"科长真有两下子啊""是啊，那就再好不过了"等等任何人都使用的语言。如今突然被置于深山的境遇中，那些套话没有了市场，结果，大白天濑山也蒙在被子里哭泣，这是去他的房间里观察动静的田代回来报告的。

濑山一天天安静下来了。没有什么工作可干，到了晚上，他不是找人打麻将，就是跟人聊些色情话题解闷。白天工程师们不在的时候，他就到厨房和炊事员聊天，或帮着切切葱什么的。

其实，另有理由使他不能彻底安下心来，因为还没有接到妻子的来信。怎么也不赶紧拍个电报来呢，他心里憋不住事，还常常去跟升念叨。

"会不会发生了什么不能告诉我的事呀？万一我儿子得了大病……要真是那样，可怎么办哪。"

"放心吧，很快会有消息的。"

"听了你的安慰话我也高兴不起来。你们独身的人，哪能明白我的心情呀。"

过了一个星期后终于来了信。传达电话呼唤了濑山的名字。

在他的周围，年轻人们一个个竖起了耳朵。濑山一句句大声重复着接线员念给他听的信。

"什么？'孩子很好，我也很好，家里的事'什么？'家里的事不用担心'……嗯。'你也要趁这个机会，在雪融化之前，在那里好好养养身体'……"

听到这儿，大伙都扑哧一声笑了起来，濑山呵斥道：

"笑什么，吵死了。"

"……什么，还说什么了？'好好休养身体，多照顾公司宝贵的年轻同事们'……嗯，嗯，'家里有我呢，千万不要挂念'……然后呢，什么？就这些？"

大家又哄堂大笑起来。

"就这些？不可能的。就这些吗？真没办法。再见。"

濑山赌气似的撂下了话筒，气哼哼地回屋去了。

从这以后，濑山渐渐恢复了正常，以至那天晚上，还挑起了那场水库辩论。

晚饭后，大家都围到火炉边来，这段时间是从早上开灯后度过的黑沉沉的一天当中，最为令人舒心的时刻了。假的黑夜过去了，真正的夜晚开始了，电灯的光亮显得耀眼起来，暖融融的。从偶尔打开的炉子里，可以看见时而蹿出的红彤彤的火苗，是那么夺目，那么醉人。

屋外暴风雪的声音和火炉里呼呼的燃烧声，构成了大自然的威胁和人类生活之间的微妙和谐……火炉上面烤着几双灰色的劳动手套，冒着腾腾的热气。

围着火炉的男人们身上散发出同样的气味，就是那滑雪靴的刺鼻的油味。有的年轻人胡子拉碴的，也有的每天执拗地刮着已经发青的下巴……尽管每天面对的是彼此熟悉的面孔，但是到了炉火旁，封闭在一个个梦想和思想里的脸，显得格外亲切。大家都静静地喝着酒，收音机不管听不听都一直开着，收音机里的音乐和广播剧意味着他人，是这里所没有的他人，所没有的那些生活，那些忙碌，那些错综复杂的心理，那些娱乐……

外面暴风雪的彼岸是遥远的城镇，那里灯火辉煌，铁路纵横，夜生活丰富多彩。这边有我们的生活，那边是他人的生活。那边看无数的灯火和这里的一盏小小的灯火的生活具有完全相同的比重。青年们喜欢这样想，在他们的背后，被暴风雪覆盖、虽未成形却已成长为一个确实观念的巨大威严的水库，仿佛正展开白色的水泥之翼，守卫着他们，肯定着他们，庇护着他们。

只有濑山置身于这梦想的生活之外。虽然他也夹在大家中间烤火，却是孤零零、木呆呆地倾听着暴风雪的声音。他什么人也不是，他是多余的人。

在上次的水库辩论之后，濑山和升促膝喝酒时，想起了那次升说的"征服珠穆朗玛峰和水库工程，在发现未知的人类能力这点上是相通的"的论点，于是趁着酒劲上来，忽然想要尝试着反驳一下。

"城所君上回讲的纯粹是谬论，根本不合逻辑的，"他突然说道，"说穿了那不过是体育运动员的精神。这里又不是滑雪练习场。"

"你也学滑雪多好啊。那样就会和我产生共鸣了。"升说。

"我得先和你产生了共鸣之后，才学滑雪呢，在那之前，我可不学。归根结底，你是个不承认事物价值的人。"

"这就是独身者的思想呀。"

"而且是有钱的独身者。所谓价值，我认为是内在的东西。不养育孩子是不会相信的。"

"你难道认为孩子对你来说是内在的？就是说孩子是父母的所有物了？"

大家也被吸引了，纷纷朝他们看。

"我说的不是孩子的存在，是说孩子的价值这种东西，是内在于我的东西。我和老婆的关系……"

有个人刚要笑，濑山瞪了他一眼。

"……我和孩子的关系，所谓社会关系，即是从这种肉体的联系中产生出来。各种价值都是从这种关联中内在地产生的。然而城所君拒绝所有内在的价值。你不相信一切价值，却说什么要发现人的能力。你的目的何在呢？"

"目的是没有的。"升简洁地答道。

"瞧瞧看，没有吧。你工作不是为了任何人，也不是为你自己。"

"人类的进步，都是拜这种工作所赐。"

"瞧瞧，你嘴上这么说，其实你相信不相信人类的进步还是个疑问呢。以前我以为你坚信未来，挺羡慕你的，看来不是那么回事。因为你不相信价值，所以只会相信外在的，和你自身毫无关系的东西。比如石头啦、水泥块儿啦等等。"

"比如水库。"

"因为你和水库没有丝毫关系，所以才说水库比人生还重要的吧。我真是一点儿也搞不懂你。"

"那么请问，登山家和珠穆朗玛峰是什么关系呢？"

"瞧瞧，说来说去还是离不开体育精神哪。在这个空虚的时代里，除了体育之外就没有别的了，你就是这样想的吧？"

一喝酒就脸红的濑山，做作地摊开了双手。升穿着宽肩的高级滑雪毛衫，衬得赖山以轻视的态度使用体育精神这个词，在所有人眼里都丝毫没有说服力。

……正好收音机开始播放新闻了，大家都安静了下来。广播员报道了公司的社长去美国访问的消息。

"社长去美国干什么?"

"前些日子不是去过了吗?"

"引进外资呗。"

佐藤不耐烦地说了一句。

濑山马上发挥了他那消息灵通的才能，告诉大家:

"赤间社长的谈判一成功，明年夏天，这里将遍地都是美国造的建筑机械了。"

田代兴奋地喊起来:

"水库土方运载卡车是欧几里德的，全自动搅拌机是约翰逊式的，全套一流机器。"

"先别高兴，"濑山制止了他，"其实都是在争权夺利呢，赚的钱将投给日本的保守党，建成后的水库的电力，只能是用于军需产业了。"

"怎么回事?"

"是这样的，社长前些日子访美的时候，美国银行虽然答应投资，但附加了一个条件，就是要有美国的建筑业参与。银行指名让蒙哥马利建筑公司参加，社长只好接受了。回到日本后，就指名鹤冈组和樱组为蒙哥马利的合作公司。这还没什么。

"后来，社长把这个合同的几成回扣送给了日本的保守党，以此为条件说服了通产大臣。明白了吗?

"不过，与此同时还有一个动向，就是正在开展的使用国产机器运动，因此投标时，各社将会合作，以最便宜的投标价格参加。

"投标大概是在明年春天。显而易见，这次投标将以不透明的结局告终。就是说，即便价格高，在通产大臣的默认下，也要让蒙特马利公司中标。"

"因为还是咱们社长懂得，哪怕稍贵一点，也要用好机器。"

"根本不是那么回事，"濑山不屑地说，"还不是为了赚钱。知道吗，咱们社长还兼任东都物产的社长呢。举个例子来说，欧几里德的卡车是怎么进口的呢? 是蒙哥马利公司从欧几里德公司买进，通过东都物产进口的。东都物产因此得到了回扣，这笔钱就进了赤间社长的腰包。

"一般说来，土木工程招标的话，拿到中标价格一成左右的回扣是很普通的事。如果中标价格上百亿的话，就有十亿进账。其中的几成由社长送给保守党。

"所以说，美国银行同意投资就意味着对保守党的间接投资。"

然后，濑山没有忘记转向升，这样补充了一句:"虽说和赤间相比较是欠妥当的，但城所先生才是真正的爱国者。先生健在的话，决不会容许这样的卖国行为。"

不知道濑山是通过什么情报得知这些内情的，这个情报的真伪也很难说。年轻的工程师们，都困惑地沉默着。

濑山说话时有人关掉了收音机，寂静中暴风雪的声音显得更响了。狂风夹裹着大大的雪团在他们的周围呼啸着。

升并无揶揄濑山的意思，平静地说：

"你打算改变这种局面吗？"

"没这个打算，"濑山坦然地答道，"再说我正在越冬啊。"

这个回答实在滑稽，可是谁都没有笑。一种被遗弃的感觉，随着暴风雪的呼啸声，像一股寒气钻进了他们的棉袄里。

濑山所说的种种关系，担负着正确的或邪恶的使命，正在没有风雪肆虐的彼岸殊死搏斗着。而这里有灯光，有美酒，还有炉火。暴风雪隔开了这两个世界，疯狂地发出撕扯粗布似的声音，震撼着天地。

那声音有时拖着长长的尾音远去，有时又折返回来，在黑暗中，将漫天飞舞的雪片呼呼地朝这边刮来，发出沉闷短促的撞击声。那狂风就像一张被打烂的黢黑的面。不久又渐渐远去的声音，在远方的某个地方，发出优雅而柔和的响声……

将近十二月下旬时，憋在山里的人们都开始变得神经兮兮的，一个无聊的问题竟能引发一场激烈的争论。大家都陷入了沉滞的情绪之中，谁也没有法子使大家解脱出来。有时靠着酒力，大伙歇斯底里地欢乐一通。这种感情的高音阶和低音阶相互抵消，其结果，竟然连一次像样的吵架都没有过。

夜晚，在黑暗的走廊上，滑雪板排成了一长溜，在微弱的灯光下发着寒光。关着门的屋子里，充满了滑雪靴的气味和平时意识不到的墙上的石灰味儿……

一个特别寒冷的黎明，升做了一个噩梦，梦见自己正在睡觉时突然被人打了一枪，他猛地坐了起来，耳边响着暴风雪的呼啸声，隔壁的田代也起来了，过来看看发生了什么事。他看见升的被子上落着个水龙头。原来是下水道冻了，水压过强而崩掉的水龙头，冲破了盥洗室的门，飞过了走廊，穿透了房间的隔扇，掉到睡觉的升的被子上了。

早上起来一看，喷到天花板上的水已经结了好几根尖尖的冰柱。

大家都开始期盼听到传达电话接线员的声音了。虽然收音机里也能听到女人的声音，但比不了接线员的声音亲切。每次一有电话来，大家就奔到电话机旁抢夺话筒，只为了能听一声接线员的声音。

接线员有两个人。越冬以前大家都不知道她们姓甚名谁，现在不仅每个人都知道她们一个叫千代子，一个叫春江，而且还能分得出二人的声音。

没有私人的交谈，最多跟她们报一下自己的名字，说句

"早上好""晚上好"等等。对方都用甜美的声音逐一回应，但她们很遵守规则，从不公私混淆，一旦发觉超出正常寒暄程度的迹象，便马上严肃起来，挂断了电话。

千代子的嗓音比较好听，有点新潟口音。春江的声音略低些，却很圆润，发音标准。这低沉的嗓音在年轻人中很有人气。那声音很沉静，像大姐姐一样和蔼，哪怕是一个词语里，也仿佛含有微妙的情感起伏。

这声音在深更半夜越过群山峻岭，沟沟壑壑，冲破暴风雪，像鸟一样飞来。虽然是公事公办的语气，却具有哀婉的回音。有时不知什么原因那声音突然远去，变得细微起来，会让这里的人们感受到不安，就好似发出声音的人的生命短暂衰弱下来一样。

工程师们通过每次电话里的声音来想象着自己所喜欢的接线员的心情和身体状况来。

升每周都接到一次显子谨慎简洁的来信。有时是办事员，有时是接线员，用传达电话传达过来的这一定期信件，成为宿舍中的一个美谈。人们跟升要照片，想看看对方长得什么样，升说没有照片，大家怎么也不相信。

现在升一点也不为没有跟显子要照片而后悔。照片会看厌的。没有照片的升，对显子可以保持新鲜的幻想。

不可思议的是他没有再梦到过别的女人。偶尔出现过让他头痛的女人，然而多数是梦见显子，或类似显子的无名的女人。

升常常梦见显子的尸体。那具无感动的、百呼不应的肉体，仰面朝上白皙皙地横陈在眼前。那肉体还残留着体温，拉起她的手，那手没有知觉，滑落到了黑暗之中。看不清楚那张朝后仰着的脸，只有雪白的下巴像陶器的碎片一样浮现出来。

委身于一切爱抚的这具肉体，失去了意志，从内到外都成了被动的物体，她已经没有任何东西可拒绝了，也没有了羞耻感。男人的眼睛、手指和嘴唇，将无一遗漏地占有她。

升沉浸于这个幻觉。他没能从她身上得到的东西，或许就是那具死尸的幻影吧。

一天深夜，升感到口渴，就从静悄悄的宿舍楼梯上下来，穿过放滑雪板的走廊，到厨房去喝茶。

打开厨房的灯，看见篓子里放着明天早饭的食材，颜色很新鲜。切碎的绿色大葱和白色的土豆块，这些蔬菜看着就像是活物。尤其是洗好的芋头惨白惨白的，比起没洗的芋头，更令人想到肥沃的黑土地。升没想到自己的感觉竟会被这些东西所感动。他听着为防止冻冰而开着的水龙头的流水声，呆呆地瞧着蔬菜出神。

从食堂通往厨房的门口出现了一个影子，升回头一看，是田代站在那里。

"你怎么了?"升问。

"想喝茶……"

"我也是。今天晚上口渴得不行。"

田代咕噜咕噜地喝着凉茶。

"我吧,"田代忽闪着不安的大眼睛说,"不知道为什么,我怎么也睡不着。"

"没办法,太年轻了。"

升使劲捏了一下田代变浅了的红脸颊。

"不是那个意思,我老是听见怪声。"

"什么怪声?"

"你听……又响起来了,你听不见吗,那个声音?"

升倾听着,风已经停了,白雪覆盖的外面静悄悄的。

"听不见。"升答道。

"我能听见。就像有好多婴儿在哭似的怪声,还来回移动。"

"是什么鸟吧。"

"也许吧。"

两人互相对视了一会儿,田代脸上露出了孩子般毫不掩饰的恐惧。他突然抓住升的肩头,这回轮到升吓了一跳。

升像大哥哥一样,用力拍了拍田代的肩:

"没事儿,睡吧。"

后来，他们也没有弄清楚那声音是怎么回事。听当地的老人也煞有介事地讲，在雪乡经常能听见这种莫名其妙声音。

麻将、围棋、象棋、喝酒的生活就这样日复一日地过去，田代那寂寞之极的样子使升成了他的庇护者。谁也不看正经书了。升不可思议地成了人们诉说内心烦恼的对象。佐藤把自己的单相思讲给升听，甚至还给他看了对任何人都保密的照片。

照片上是个二十岁左右的美丽女人，长得很像某个寺院里的著名佛像。也难怪，身为土木工程师却是古典美术爱好者的佐藤，在学生时代，曾周游奈良的各个寺庙，参拜了许多佛像。

佐藤的长相古板。长脸，眉眼微微上吊，有点类似武士的面相。他一直向往着如今已是非常罕见的梦幻般的恋情，是个过度自我肯定、主观的自我崇拜者。这位佐藤向升敞开了心扉，力陈自己不幸的恋爱之正确，谴责战后青年的道德败坏，升听了真是啼笑皆非。

佐藤非常崇拜升，把升讲的那些小故事都当作是升从书本中得来的知识，还把每周给升寄明信片的那个女人，想成世上最最纯洁的少女，把升和那少女结合看作幸福的青春的典范。并这样说道：

"你肯定会和她结婚吧？"

"嗯，也许吧。"升简短地回答。

佐藤似乎觉得，得天独厚的升有义务成为自己的不幸的理解者。可是，升听他描绘的那女人的模样，总觉得与佛像无异，升一点也摸不着这一暧昧模糊的浪漫爱情的轨迹，丝毫不觉得佐藤有什么成功的希望。

"她和我分别时，还回头朝我笑了一下，我总觉得她像是在哭。我那时才察觉到她是爱我的，可是我怎么也没有勇气向她表白……"

"既然知道了她那么喜欢你，不是可以安心了吗？"

"恋爱是不可能安心的。可以说，从那以后我就一直在享受不安了。"

佐藤举出的那些微不足道的爱的证据，类似于洒在院子里的植物上或照在亮晶晶的空啤酒瓶子上的阳光一类的东西。这种东西使人兴奋，甚至构成生命中闪光的一瞬，而佐藤却想脱离那里，使之与世上固定不变的事物相并列。

升的经验告诉他，这种幻想是难以打破的，这种幻想不需要别人劝导。他默默地听着。升这样体贴的沉默，触动了年轻的佐藤的心。

"我就知道，只有你一个人能理解我啊。"

漫长的雪乡生活使人变得多愁善感，佐藤的眼睛湿润了。"就是这眼泪，我所缺少的正是这眼泪。"升在心里想。

莫非发生了什么事情？升为自己欠缺的东西而感动！原本他就会对事物产生感动的！

来这里以后，他产生了种种新的感情，如果最先为此而吃惊的也是他自身的话，那么与此同时在这群年轻人当中，只有他一直没有表现出因环境影响而出现的心理变化，这自信是属于他的。升在别人眼里，无论何时都是值得信赖的，他似乎是天生就能忍受越冬的孤独的人。

濑山常常用不胜感慨的口吻说：

"你在这种地方窝着，怎么还能这么平静啊！"

奢侈的人对偶尔吃粗粮，厌倦了官能享受的人对偶尔的节制，会产生一种新奇的喜悦，这种现象虽屡见不鲜，但是都长久不了。但升的情况与众不同，他感受到的是更为本质的喜悦，是宁静而平凡的幸福。从虚无之中淘出未知的新鲜感情的这一人工的作业，需要对任何事情都波澜不惊的理智的计算，将易受外界影响的肉体置于其间，与过去他把欲望作为理智的假设来看有所不同，这是一种完全理智的冒险的喜悦。

升的空白的心里产生了他在少年时代应该知道却不知道的自然的纯情。他睁大眼睛想看看这纯情会将自己带到何处去。

……升思考佐藤的精神恋爱时，突然想到了一件事：

"显子之于我和那佛像之于佐藤，到底有什么不同呢？"

这两者貌似不同却又相像。佐藤的恋爱的观念性和升的已经和女人发生了肉体关系的观念性，仿佛渐渐变成了同样的东西，这使他觉得奇怪。升以既非不满又非满足的心情，在心里嘀咕着：

"我总是在想一个看不见脸，又触摸不到的女人！"

一天，雪停了，蓝天露了出来，升和同事们便又去奥野川测流量。流量稍有减少，但没有结冰。只有薄冰从河岸像尖刀一样指向河心。

工作一结束，升就一个人向上游方向滑去，他想去看看那条瀑布。

沿着白雪皑皑的山峦一直来到了河边，树木垂下的枝条被阳光照出了长长的影子。小瀑布在哪里？他怎么也找不见了，转来转去，最后还是福岛县的陡峭山棱告诉了他。

青年手扶着伸向河面的粗大的山毛榉，眺望着对岸好久不见的小瀑布。瀑布结了冰，被雪覆盖了一半，变成相互缠绕的坚硬冰凌。它们纤细而纠缠交错着，将晶莹透明的冰隐藏在最里面，在夕阳下闪烁着非常纤细的光泽。

远处传来雪崩的声音。

声音在周围的群山中回响。

此时，升恍然觉得是显子在喊他。他掉转滑雪板，去追赶朝宿舍快速滑去的同事们。

吃完晚饭，升正坐在炉边，电话值班员笑嘻嘻地来通知他接电话。大家毫无顾忌地跟了去，在接电话的升的周围竖起了耳朵。

"是城所君吗？"

接线员春江问。

为了听春江的声音，有一位把耳朵贴近升的电话筒，听到春江平淡地说了句：

"请稍等。"

听到春江说完便离开了话筒，听电话的人冲大家摇了摇头。

然后，换了一个女人的声音：

"城所君吗？我是显子。"

升怀疑起自己的耳朵来，以为接线员忽然改变嗓音，跟他闹着玩呢，所以他极力用平静的声音应道：

"你怎么会在那儿呀？"

"我到K町来了。我实在想听听你的声音。我家的（她想说'我丈夫'，又怕被别人听见，就含糊其词了）……去九州出差两三天，所以我就趁着他不在家……"

声音忽然小了下去，可以肯定是显子了。升提高了声调，

"喂、喂"地喊了起来，对这个"喂、喂"，周围的工程师们都有着强烈而露骨的感情。显子的声音像复活了似的，又突然大了起来。那圆润沉郁的声音，使得显子嚅动的嘴唇和时而露出的雪白细小的门牙浮现在他眼前。升的感动无法言喻。

"我想见见你。可是必须要等到雪化以后吧。"

"我也想见你呀。"

青年发自内心地叹息着。

"想听听你的声音也不容易，不知什么时候还能来 K 町了。很难得不在家的。"

显子省略了主语。

"你好吗？"

"嗯，很好。明信片都寄到了吗？"

"是啊，我的回信也收到了吧？"

"收到了，可是不知是谁写的字，真难看……哎呀，被人听见不好吧。"

显子笑了笑，升的心里有些难受。

"……看来你过得挺好的。"

"是啊。"

显子的这种略带忧郁的、总显得不那么发自内心的回答使升感到亲切。

"有机会还能来 K 町就好了……不过，我会常给你写信的。雪一化就立刻给我拍电报好吗？你马上就回东京吧？我去车站接你。"

　　然后两人都不知该说什么好了。

　　"多保重，"显子说，"请多保重身体。"

　　"嗯。"

　　两人又沉默了。

　　"那就再见吧……"显子说。

　　"谢谢你。"升深沉地说道。

第五章

象征性地过完了新年之后，他们继续过着被雪封闭在山里的日子。积雪超过了二米。十一月和十二月的最低气温是零下十一度，进入一月后，有时早晨的气温下降到了零下十九度。

暴风雪后的一个晴朗的下午，巨大的轰鸣声快把他们的耳膜震破了。响声来自奥野川的上游。然而由于四面群山的回音，听起来就像四面八方都在此起彼伏地震响着。声音持续了一分多钟，其间，这方小天地被轰隆声包围，仿佛变了个世界。

大家争先恐后跑上二楼，挤到窗口往外张望。尽管窗户被钉上了木条，玻璃还是被震得哗啦啦地直响。

只见奥野川的上游，像涌动的白云般腾起了漫天的雪雾。银山平的尽头，耸立在奥野川和喜多川两河之间的细越山的东侧，发生了大雪崩。

春天持续高温时发生的雪崩，大致能够预测，可是，这回是不稳定的积雪突然崩塌的所谓新雪表层雪崩，完全无法预测。

"真像是大爆破啊。"

"欢迎爆破啊，这是在为我们越冬助威哪。"

有人兴奋地喊道。挤在窗边的青年们眼睛里立刻有了神采。

远处的雪雾遮天蔽日，伴随着巨响，犹如无数只放飞的白鸟腾空而起，震得宿舍附近的巨大山毛榉上掉下了一大团雪，露出了鲜明的黑色树皮。从宿舍到雪崩地点之间，除了被雪压弯了枝桠，埋没在深雪里的灌木之外，落满了白雪的高大挺拔的树梢，受到了异样的感动，一齐颤动着。

对大家来说，没有比打破了沉滞的暴力性变化更令他们高兴的礼物了。约一分多钟的震响停止后，他们的耳朵还在追踪着那声音。每个人都希望这出乎意料的大自然的节日气氛哪怕再延长一秒钟也好。声音消失，雪雾消散后，因突然的兴奋而激动的身体也渐渐冷却下来时，由此而产生的失落感使大家都陷入冥想之中。

升最先从这一心境中苏醒过来，提醒大家现在应该不失时机地去调查雪崩。除濑山外，大家一拥而出，直奔一楼的滑雪板。

到了现场一看，这是一次水平距离达一千五百米的大雪崩。细越山的东面堆积着石料大的雪块，堵塞了通往奥野川上游的小路。一部分雪块坠入了河里。雪崩地点的对面，有一个突向河面的山崖，从地图上看，这段距离正好是一千五百米。

被雪崩压倒的树木，有的直径达到二三十厘米。都是阔叶树。树的断面参差不齐，露出鲜嫩的青黄色，躺在雪地里。

发生雪崩的现场寂静无声，暮色早早降临，升他们竖起了夹克的领子。这一天的傍晚时刻，唤起了他们的挫折感，准备迎接春天的这些树木的惨死，似乎预示着春天本身的挫折。

显子那个激动人心的电话，自然成为越冬的人们的最佳话题，田代和佐藤尤为羡慕，升也毫不掩饰当时自己的感动。没有感情的人，当然没有经受过惧怕真实感情的训练。结果，他的好心情暴露无遗，从而证明了升在感情处理上独特的能力欠缺，然而濑山这样的男人只会把它归结为升有教养，用濑山的语汇形容，叫做"血统好"。

所有人都认定升是"正在恋爱之中的男人"，实际上对升来说，没有比这更难扮演的角色了。他是个把认为自己在恋爱看作比真正恋爱还难做到的人。

对于肉欲与精神的不协调过于熟悉的这个青年，一旦意识到自己的精神围绕着显子朝着协调的方向发展时，便惊惧不安起来。他觉得前方一片黑暗。

尽管如此，那个电话里的甜美声音，一再回响在他的耳畔，停留在了他的身体里，偶尔还使他的梦境产生变化。显子的白色尸体的幻觉，仿佛又重现了。摸摸那只手，有种新鲜的温暖感觉，一会儿又像燃尽的炭一样冰凉了。有时梦见那嘴唇微微嚅动，似乎在微笑。

她那低沉的笑声……

她那汗津津的笑容……

"不知道是谁写的字，真难看……哎呀，让人听到不好吧。"

显子在电话里说了这句话后，哧哧地笑了起来。

升在梦里清楚地听见了这笑声。电话划出了一个分水岭。从那以后，疑虑不再追到梦里来了，自然也没有必要梦见显子是一具无言的尸体了。升之所以只爱石头或尸体这类不动的东西，是因为只有那些东西是无法被怀疑的。

不知是不是这个缘故，有时升醒来后感到自己忘记了疑虑，就像一个粗心的人，忘记把伞丢在了什么地方似的。

但是，他已在自己的内心发现了享受孤独而平静的幸福的才能，很容易把现在这种单纯的快感也看作是那种幸福的延续了。

上回，濑山和大家聊天时，被升问及他的社会责任时，他回答"我正在越冬"，这句话非常耐人寻味。越冬的人们对外界的感情都停留在可能性上，现在不用就会立刻腐烂掉的突发的感情，也由于这一可能性的幻影，仿佛能够得以永久保持。其结果，什么是这种架空的感情，什么是真实的感情都分不清了，大家都拼命地在各自统一的观念世界里努力生存着。他们有着故意地想要坠入自己制造的固定观念中去的倾向。随着时间的推移，每张脸上都渐渐地显示出了夸大某一部位的神情。虽说没有刺激的话，欲望是很难膨胀的，可是由于完全自制的固定观念，有的男人的表情全是性欲，有的青年老是在做吃美餐的梦，脸上的表情也全是食欲了。

升对于同住宿的人们的脸上出现的这种类型鲜明的神情感到有趣，暗自将这里的生活称为"假面剧"。在公众面前扮演自己的角色并不容易，而孤独却具有一种力量，使我们成为意识不到自身角色的演员。越陷入更深的孤独中，越不能完全进入角色的升，有时会惊讶于自己是否缺少个性。

不过，大家共同的、普遍而最真实的感情只有一个，那就是被掩埋在深深的大雪之中，"等待春天到来的心情"。

吃了晚饭，泡完了澡，大家开始玩麻将和将棋。升想一个人静静地待一会儿，就拿了些好烧的炭，回到二楼自己的房间里，给暖炉烧旺了火。

　　屋外呼呼地刮着暴风雪，在二楼上这声音听得更清楚。升看了看日历，不知什么时候，爱管闲事的濑山照着他自己日历上那样，也用蓝笔在升的日历上涂掉已过去的日期。这习惯就像是坐牢的人似的。一月份还剩下最后一天，月份牌上画满了深浅不一的蓝框框。

　　"看来濑山这家伙，实在是没处施展他那公务员的才干了。"

　　升想到这儿，露出了微笑。他想起炊事员也嘟哝过，濑山去厨房，把写有"砂糖"两个大字的标签贴到糖罐上，盐罐、面粉袋上也一律照此办理，还十分周到地在糖罐的反面也贴上标签，这样，无论怎么摆放都绝不会弄错了。

　　刚泡过澡的升将温暖的身子紧靠着暖炉，听着外面暴风雪的声音，独自品味着所剩不多的科涅克。

　　"这就是青春。"

　　他怀着愉快而嘲讽的心情这样想着。他拥有十分富裕的家庭环境，在被卖掉之前的宽敞的家里，这个孤儿经常这样独自一个人待着。

　　朝向走廊的拉门响起敲门声。升答应了一声，进来的是佐藤。他在毛衣领口围了一条围巾，像是刚洗过澡，一本正经的脸上很有光泽，不同以往的是，眼睛里有些血丝。

　　"坐这儿来吧。"

　　升从暖炉旁的坐垫上稍稍欠起身子说。

"好的。"

佐藤充满活力地一屁股坐了下来，手伸到暖炉上烤着，半弓着身子，下颌抵在暖炉的被子上，目光锐利地盯着升说道：

"我刚才下了决心。"

"什么决心？"

"突然改变了想法才下的决心。越冬之后，"他不停地眨着充血的眼睛，"……我决定干了，跟照片上那个女人。"

从平时听到的佐藤和那位佛像般的姑娘之间优雅的浪漫爱情中，突然冒出"干了"这么粗俗的日语显得十分不协调，所以一瞬间，升不明白佐藤在说什么。等反应过来后才知道，这绝不是欲望那类东西，只是由于反复触动一个观念，最终就像小孩终于弄坏一个玩具一样，突然打破了那个观念而已。

佐藤情绪激动，眼睛里放射着血腥的光。那年轻而挺直的鼻梁在颤动，仿佛有种动物的杀气，然而又不是性子急的动物。升觉得这是画上画的那种图解式的欲望，其形状比实物还要丑陋许多倍，令升感到失望。他开始厌恶佐藤了，佐藤却丝毫没有察觉到升那无缘由的厌恶，依然故我地对升诉说着。

另一方面，田代的性情也慢慢地变了，红红的脸颊不知何时不见了，变成了躁动不安的易受伤害的少年。一言不合就生气，所以大家跟田代说话都小心起来。

田代只不对升发火，在升的面前总是笑容满面。用田代的话来说，只有升不伤害他，其他人全是敌人，自己很孤单。升费尽心思想让这个年轻朋友明白孤单是很正常的这个道理，可是田代陶醉于只要是升说的话，多么严厉都不往心里去的信念，无论如何也不想从世上还有一个人站在自己这边的幻想中清醒。

被寄托着如此顽固的梦想的升，心里渐渐滋生了一种甘甜。面对佐藤时的冷酷的心，到了田代面前就温暖地敞开了。他对显子的心情也是在这两种态度之间游移不定。看到佐藤，觉得自己对显子的感情怎么也不像是爱，而见到田代就又觉得是爱了。不过，这个青年的思虑至今仍拘泥于面子，希望自己处理问题时能够看起来像大人那样沉稳。

濑山打麻将是个高手，却说自己最讨厌麻将。大家好容易才盘问出了濑山最喜好的娱乐，他是这样回答的：

"就是记家庭的账簿啊。我从来不让老婆记账。我要是不在家，家里的账就乱得一塌糊涂。可是，现在我人在这儿，没办法记账了。"

他一般都能从社会关系之中嗅出可疑之处来，凭借这一不幸的嗅觉，这个世上他只相信人际关系，没有比记家庭账簿这样本分的嗜好更符合他这个观念了。无论从哪一点来看，他都是个彻头彻尾的操劳命。

"到了晚上，和老婆孩子围着暖炉记账，多美呀，"他舔着嘴唇说道，"烤鱼网，三十元。蔬菜，六十五元。豆腐，十五元。荞麦面条，六十元。偶尔奢侈一回，桌布，五百元等等，记这些账目时，别提多愉快啦！"

在这个宿舍里纯属无用之人的濑山，因其事务官兼宴会官的才能，而不胜髀肉复生之叹[1]。每周他都要大醉一次，胡折腾一晚上，此时，他不甘心仅仅充当一个帮闲的角色，就像疯子进了医院以后仍固执于自己的生活习惯那样，以致不知不觉地总在想象自己身边的繁杂事务堆积如山。他每天都把自己关在屋子里几个小时，埋头写笔记，写完之后还要修改一遍，然后再抄写一遍。他每次都把这些稿子收进一个从事务所拿来的带锁的文件盒里，所以没有人知道他在写些什么。有人趁着他写笔记时去偷看的话，他就慌忙用手捂住稿纸。他的桌子上总是收拾得像办公桌那样规整，墨水瓶放在那儿，文具盒放在那儿，小纸笺在那儿，可能的话恨不得再安上部电话。

"你该不会把我们的事都写进去吧？"

1　形容长久过着安逸舒适的生活，无所作为。出自《三国志·蜀书·先主传》。

一次，一个工程师问他，濑山答道：

"哪里，我在写我的《徒然草》哪。这也是我的保健方法。运动对健康有害，一天之中有一定时间以办公状态度过，是最适合我的锻炼方式了。"

这位濑山在一个喝多了的晚上，将塞了东西的包袱皮捆在胸前充当女人的胸罩，表演了半天脱衣舞。

有一天，濑山和炊事员吵了起来，这罕见的热闹引得大家都来围观，两人立刻停止了争吵，嘴里嘟嘟哝哝地各自走开了。

过几天，濑山又挑衅起了那个慢性子的司机。这两人本来就由于不言自明的原因互相看不顺眼，但是发生正面冲突这还是第一次。

两个人在一间没有人的房间外的走廊上叽叽咕咕地小声对骂着。其实，田代恰巧在那间屋子里睡午觉。他无意中听见濑山临走时提高嗓门，甩出了一句：

"你第一个饿死才好呢，你是最没用的废物了。"

进入二月份以后，雪依旧下个不停，晴天时测量的积雪超过了三米。宿舍里空气浑浊，有人诉说头痛。田代得了感冒，发烧达三十九度。医生害怕传染给大家而禁止探视，可是田代太想见升了，所以破例允许升一人探望。

由于烧水的蒸汽，屋子里的空气温暖而潮湿。脸颊红红的田代躺在床上，升坐在他枕旁，用手摁了摁冰枕，开玩笑说：

"哟，睡这枕头，跟婴儿似的。"

"你猜猜这里面装的什么？摸摸看。"

田代天真地说。升又摇了摇枕头，一排棍子样的东西发出了响声。

"是冰凌吧。"

"对啦。就地取材呀。医生说是把房檐下挂着的冰凌揪下来装进枕头里就行了。"

田代笑着转动了一下脑袋。枕着枕头那边的耳朵，被冰得发红，耳朵后面光滑的皮肤上，轻微地印上了胶皮枕头的凹凸印子。

"你可别让我妈知道我得病的事。"

"哪有工夫去告诉你妈呀。刚刚打了青霉素吧？明天早上就会退烧的。"

"那倒是。"

田代露出了脆弱得不堪一击的笑容。

"你说，我们不会饿死吧，"田代突然问道，"我听有人这么说，在交通断绝的情况下，粮食吃完了的话。"

升笑着否定了，责备他说，这么点病，还没有资格像得了重病的人那样苦恼。

田代淘气地用舌头尖舔着烧得起皮的嘴唇，沉默了。升很理解田代的担心，同时也很清楚他因得病而从单调中解脱出来的解放感。田代脸上浮现出一个人跑出课堂晒太阳的学生似的表情。

"城所君喜欢探望病人吗?"

"也说不上喜不喜欢……再说我也没怎么探望过。"

升缺乏因病而与外界变得亲密的经验，自然也没有因病而被外界亲密对待的经验。说实话，他讨厌生病和病人。他总觉得自己这么健康，会遭到别人无言的怪罪。

因此，升为自己探望田代时内心产生的毫不虚伪的关心而诧异。升只经历过三周军营生活，没有资格谈论集体生活中的相互关心。田代和升之间有着这种生病与健康之间的奇妙的和睦。

"也许，"升想，"我内心也得了一种病，就和田代一样，在我内心产生了和外界亲密的需要。或许我并不像表面上看起来那么健康。"

升产生了不知病苦的人的无知的不安。病房里潮湿的气息，被褥的干草气味，包了手巾的电灯的复杂图案，田代转动脑袋时冰枕发出的潮水般的声音，这些仿佛以其混沌的方式稀释了升孤独的心。

"水库真的能建成吗?"

田代唐突地问。

顾虑病人而没有吸烟的升，忍不住点了根烟。擦火柴的声音，尖锐而嘶哑地在沉默中滑过。

"早晚会建成的。"

"早晚会建成，可是中途资金断绝了……"

"即使断绝，早晚也会建成的。"

"咱们这样无所事事地在雪中等待春天到来，怎么也不像是建设水库的工作的一部分。"

"虽说不像，也的确是一部分哟。"

"真不可思议。"

"因为无事可干也是工作的一部分。"

"如果水库是生物的话，我们就像和大象那样硕大无比、寿命很长、成长很慢的动物打交道一样。"

"大象比饲养员长寿，不过偶尔饲养员会在大象巨大的影子里睡午觉的。"

田代的感冒很快就好了，没有蔓延的迹象。然而，一天早上，一个正在刷牙的人发现牙龈不知什么时候出了血，牙刷都染红了。他告诉了其他人后，竟有三个人也说自己近来牙刷上有血。这事虽说成了无聊生活的兴奋剂，可是随后，他们又担心起了会不会得了败血症。

四个人去医务室看医生，因近来病人增多而心情舒展的年轻医生殷勤地让他们坐在椅子上，还把咖啡壶架在电热器上，以便看完病后请四人喝咖啡。他挨个儿细细检查起来，又是摁牙龈，又是嗅嘴里的气味，又是翻眼皮，又是仔细地捏膝下、手腕子和腿肚子。这些动作都做得彬彬有礼，体贴无比，加上医生那满脸欣喜的表情，使得这几个得病的人恍然觉得牙龈出血倒像是做了件善事似的。

"没什么事，没有败血症那么严重，"年轻的医生一边洗手一边慢慢享受着边洗手边说话这种职业性动作，"是维生素C缺乏造成的，打几天维生素C就行了。不过，关于粮食方面按说不该我多嘴，大酱汤里每天都是小杂鱼和海带，而且越来越少，真是怪事。柠檬和苹果很好储藏，可是好像根本没有储备似的，一次也没见到过。"

宿舍里就这样酝酿着恐慌。

每当吃饭的时候，大家都开始觉得菜和饭越来越少了。这些人都是绅士，嘴上没有人说什么，但是每顿饭之间都被饥饿感侵袭。也不是明显的肚子饿，就是老觉得无聊至极，不知不觉啃起铅笔来。人人心里感到极度空虚，没有了以前吃完饭后暂时出现的那种满足感。

一天早上，坐在餐桌前的人们不约而同地盯着给大家配膳的炊事员不放。炊事员是个瘦高的老人，大家送给他一个"白头鹤"的绰号。

白头鹤脖颈上挂着长长的围裙，用青筋暴露的大手拿着架势给每个人盘子里分发食物。然后端来酱汤锅，打开木盖，让大家自己去盛。从锅里冒出滚滚热气，等热气稍微消散后，往锅里一瞧，豆酱的颜色非常淡，和白开水差不多。

大家和前几天一样故意不动筷子，面面相觑。白头鹤终于耐不住这种祈祷般的缄默的压力，说道：

"大家开始吃吧。"

"这种东西怎么吃呀。"

有人小声而不客气地说。

"大叔，我想问问你，"一直在玩弄筷子的佐藤，神情严肃地问，"粮食到底够不够吃啊？"

白头鹤慢腾腾地坐在最边上的椅子上，垂下头，双手捋着花白的两鬓，咕哝了一句：

"我知道你们早晚会问的。"

"真的不够吃吗？"田代快要哭出来了。白头鹤默默地点了点头。大家不由得你看看我，我看看你，有人怕汤凉了，机灵地盖上了锅盖。

"从一开始我就觉得不太够，可是濑山他……"

只有濑山一个人爱睡懒觉，早饭向来不准时，现在还没来吃饭。

"每次运粮食来时，濑山都说不用过秤，出了问题我负责，所以就没有过秤。虽说增加了两个人，我也渐渐发觉粮食本来就不够吃到雪化时的。我去找濑山，他说不可能的，反而骂了我一顿。我也火了，可又觉得濑山说得也有道理，就一直没跟大家说。"

"濑山说什么？"

"他说绝不能告诉大家，会使大家不安的，要想办法节省，坚持到雪化时。"

司机听到这儿开口说道：

"我这一阵子也觉得不正常，就去问濑山，他说的话特别难听。他说你最先饿死才好呢。现在想起来觉得可疑的是，濑山本来很懒，却每次运越冬用品时都跟车来，哪至于呀。莫非是害怕我们这边过秤吧。最后那次运药品，他跟车来也完全是多余的，结果回不去了。平时的濑山，并不是那种责任观念过强而出现这类失误的人哪。"

"也真够愚蠢的，"有个多少冷静一点的人说，"假设他想要从中捞点油水，导致这么多人饿死，就不是一般的责任问题了。"

"问题就在这儿，"白头鹤说，"濑山把定量算错了。他想连炊事员的眼睛也瞒过去，最后汇报越冬平安无事，只是粮食稍有不足就万事大吉了。可是没想到，这是第一次越冬，各种数据都不准确，把本来就不足的预算又减少了，就变成了现在这样。也许一开始的计划并没有这么不怀好意。毕竟把你们这些年轻人都杀死了可不得了啊。"

"这么说，濑山做了手脚是无疑的了？"升终于开了口，炊事员和司机都一齐表示肯定。

"好的。"

升突然站起来，走出了食堂。

濑山还没有叠被子，一只手拿着筷子，一只手拿着烟，正在屋子转来转去。升一进来，濑山也不看他，说了句毫无意义的话：

"正好你来了，我也正要去吃早饭呢。"

这个有妻室的人的被褥乱得不像样子，与其他年轻工程师房间里的清洁的杂乱有所不同。濑山用脚趾夹起榻榻米上的毛巾，挂到墙上的钉子上。

第一次见到升这么长时间沉默不语，赖山脸色变了。屋里没点灯，窗外透进的光亮照出了他那张没有光泽的白脸。

"有什么事吗?"赖山的语气就像是对付新来的职员。可惜，他这一套对升丝毫不起作用。

"粮食不够是怎么搞的?"

"谁说的?"

"炊事员。"

"哼，这个白头鹤。我好容易才帮他隐瞒下来……那家伙瞒着咱们，低价卖了一些粮食给农民。事到如今他说要向大家坦白，我跟他说我来想办法解决。"

"那你就想办法解决啊。"

"我哪有什么办法呀?"

升伸出胳膊给了赖山一个嘴巴。濑山想要反击,可是两手拿着筷子和点着了的烟,在他犹豫的空当,下巴又挨了一下。他顺势仰面倒在床铺上,像旁观者一样并无恨意地瞧了一眼升,然后蹭着双膝把手上的烟扔到小桌上的烟灰缸里。他那蠢蠢蠕动的身体,仿佛在为这一屈辱而自我陶醉。

升关上了拉门,盘腿坐了下来。早上天色阴沉,屋里很暗。

"抽一根?"

濑山新打开一包"新生"烟,递过一根来,自己也叼了一根。升觉得拒绝的话,显得太孩子气,就接了过来。濑山不必要地贴近升,用火柴给他点燃了烟。喷出一口烟后濑山说道:

"你想怎么出气就怎么出气吧。这回是打算在我脸上画胡须吗?"

升想起了当年给在他家当书生的赖山脸上画胡须的恶作剧,在打濑山那一拳的一瞬间,他感到到濑山和自己朝着完全相反的方向回忆起了过去。升根本不能理解濑山十几年后突然回忆起当过书生这件事,并给自己受到的危害赋予意义的心态。这个人难道现在还在期待着受到升的"阶级关怀"吗?升对自己的这种推理颇为不快,可是又不得不假设濑山在期待他似的道起歉来。

"对不起。我太冲动了。"

这话平庸得根本不像是升说出来的。

"哪里，钦佩呀。不好意思，我没想到你也有胆量揍人哪，这才是城所翁的贤孙呀。了不起啊，我高兴还来不及呢。"

濑山这样伪装豁达的表现有点冒险。非但如此，他还伸出手来要跟升握手。

好容易平静下来的升，也不看他的脸，一边握手一边说：

"我不再追究了，你赶紧想办法解决吧。"

"当然，当然。我也不打算扔下老婆孩子饿死在这儿呀。"

"可是交通断绝了……"

"没关系，包在我身上，十天之内一定解决。"

那天一整天，升都对自己抱有新鲜感。他这么做的是出于极其单纯的感情，或者说是低级的正义感。他甚至在这一莫名其妙的动机驱使下打了濑山两拳。自己竟然会冲动得采取行动！迄今为止，这位十二分冷静的青年，一直引以为自豪的是，他从来没有一次由于冲动而和女人睡觉。

尽管这一次被显而易见的正义感驱使的行动仅仅几分钟，却因此而心情极佳的他，忽略了对挨打的濑山的心理研究。一天到晚，在这青年体内洋溢着愉快的活力，所以使他轻易地被伪善所蒙骗。自从来到这里之后，渐渐看到了濑山的优点的升，把这次打濑山解释为是被有关赖山的无耻的传闻破坏了友情的结果，即所谓"友情的愤怒"所导致的。由于这种便利的解释，到了下午，他就能用年轻人特有的开朗的目光去面对濑山了，他很满足于自己的"男子气"。

田代的赞叹对于升的这一心理更是推波助澜。在走廊偷看到这一幕的田代，把事件的经过一五一十地告诉了大伙儿，把自己一向崇拜的升当作真正的英雄。

令大家感到意外、惊讶的是，这件小骚动后，濑山突然有了活力，甚至是兴高采烈的。这人觉得他是由于挨了打而变得愉快起来了。濑山开始频繁往返于传达室和食堂，食堂成了他的办公室，他常常拿着写好的东西，匆忙跑到地下的传达室去。他打了十几通电话，拍了十二封电报。他浑身充满了办公的热情，进行着他所说的"想办法解决"。

濑山提供粮食不足的精确数据，肆无忌惮地夸大伙食的现状，而且把这一惨状统统归因于越冬资料的不完备。工程师们惊讶地观瞧着濑山扭转自己的处境，把发现了粮食的绝对量不足作为自己的功绩来打报告的做法。一天，他在打电话时，突然来了灵感般地喊道：

"对了，直升机！直升机！"

大家听到后，都不禁喜形于色了。

一周后的三月一日早晨，K 町的事务所来了电话，说上午直升飞机来驻地空投粮食。直升机已从东京飞来，正在 K 町待命。粮食约有六百公斤，要往返运送两次。

濑山的得意忘形简直无法想象。这一风云突变不知何时让众人将濑山供奉为救命之神了，升见此情景惊讶得闭不上嘴。政治的要谛，即是先使之冷却，然后再突然使其升温。被温暖了的人们，就会彻底忘记曾经被同一个人冷却的事。升甚至发觉，住地粮食不足，说不定是濑山为了笼络人心而设下的埋伏。即便濑山不在这里越冬，也会从这一事态中获得同样的收益。

在走廊上，升和抱着纸卷跑来的濑山撞了个满怀。

"啊，对不起。"

濑山说着擦身而过，到了走廊的尽头，他又站住了，回头直勾勾地盯着升。

"有事吗？"

升走上前去。

"不……没事，"濑山口吃起来，"算了，我只告诉你一个人。我今天要坐直升机回去了。这些日子多谢你的关照。"

"是吗？可是直升机能着陆吗？这里到处都是雪呀。"

"真的？"

濑山脸色骤变，然后不由分说地拉着升下楼到传达室打电话。升这才明白，濑山的欢天喜地，原来是为了回家，升为自己之前的多虑感到可笑。

濑山嘴巴紧贴着话筒，大呼小叫着让飞行员接电话。飞行员沉稳浑厚的声音，连旁边的升都听得见。

"……着陆是不可能的。把人吊上来吗？这种型号的飞机空投已经不容易了，吊人上来实在是……是的，我没有接到这样的指令……"

濑山失望的样子，看着都可怜，他颓然坐了下来，拿过墨盒，在自己刚洗干净的手巾上，用毛笔写了两个大大的"谢谢"。升实在理解不了他这一心理变化的过程，就询问他干什么用。

"这是让它代替我坐飞机的。"

濑山赌气地说。然后，靠在传达室的椅子上，一个人嘟囔着："阴谋……这是阴谋……不想让我回去。"

大家匆匆吃完早餐，来到晴朗的户外，铲起宿舍门前柔软的雪来。没有刮风，他们干累了就停下来擦汗。其中一个人跑上二楼找来红色的粉面，在雪地上洒出大大的"欢迎"，此人还跑上二楼去看字写得怎么样，又然后跑下来修改字的形状。

上午十一点时，在二楼窗边用望远镜瞭望的人告诉大家，在冻冰的喜多川上游，掷骨泽周围的上空，发现了飞机的影子。

直升机在离地面一百五十米左右的上空悠然地沿着喜多川飞过来。

"是从公路那边过来的。"

田代喊道。

飞机的影子从刺眼的喜多川冰面上滑过来，轰鸣声越来越近了。

这是一架二百马力的贝尔 47D 型直升机。前面驾驶舱的塑料罩像节日的彩旗一样亮闪闪的。

大家都挥舞着帽子，欢呼起来。直升机是蓝色的，尾翼和尾部螺旋桨涂成黄色和黑色。飞机和地面呈水平状，半径五米的螺旋桨猛烈地旋转着，同时，小小的尾翼螺旋桨和地面呈直角形，画出黄黑色的彩虹。驾驶舱下面的白色的注册编号 JA7008 清晰可见。

这样鲜明的色彩赋予了周围单调的雪山风景一种紧张感。群山回响着轰鸣声，蓝色的天空下那熟悉的菱形山峰，被机械性的明快构图遮住了。看着飞机的影子顺着山岩飞近，人们真恨不得奔进那影子里面去。白头鹤不停地挥舞着长长的围裙。

直升机以一百米左右的高度飞到了他们住地的上空，然后像升降机那样垂直地降下来。在距离地面十五米左右的地方，以巧妙的驾驶稳稳当当地停在了空中。他们能看得见飞行员的微笑和鼻子下面的胡须。四个月来第一次见到他们以外的人的胡须，使他们备感亲切。

吊在绳索上的帆布袋从直升机上放了下来。

货物轻轻摇晃着，转着圈，影子也随之凹凸起伏。

吊钩一来到面前，大伙一齐拥上去解开钩子。大家发出了欢呼声，濑山写了"谢谢"的手巾被系到了吊钩上。

绳索马上又剧烈地摇动着升上了天空。一想到升上去的绳子是浮在空中的一个人拽上去的时候，多愁善感的年轻人们真是幸福极了。

第六章

三月上旬的一天晚上，他们听见了狐狸的叫声。那天晚上没有下雪，炉火熊熊燃烧着，突然间传来了尖锐的、抽打着冰冷空气般的响声，远处有同样的声音回应它。

奥野川的水涨高了，一月份流量为每秒八点三立方米，二月份下降到六点五立方米。进入三月份后，迅速增长，达到了十二点七立方米。升他们的流量调查显示的今年最初的增水数字令人兴奋。不参加调查的人也都兴奋地传阅着这些带有某种香气的数字。

雪渐渐下得少了。被深深的沉默包围的户外，时而能听见雪崩的声音。

现在，升对于日复一日地竖起兔子那样敏感的耳朵，期盼即将到来的季节的生活已经习以为常了。在城市里的时候，他思考的未来是非常难解的东西。他不相信未来也是很自然的。而在这里，未来是单纯的，不相信都很难，那就是春天。

想要攥成雪球却从指缝中掉落的雪粒，不知不觉间变得湿润了，雪球上捏出了指印，看着手掌中的硬团，他们像孩子似的欣喜万分。这是长久拒绝的东西的最初和解……升和同事们在较为暖和的天气里，都跑到户外去，攥起雪球，瞄准对面的山毛榉树投掷着。打中了树干的雪团的白色印记，在黑夜里也能看见，两三天都不掉。

阳光日渐温暖起来了。一天下午，有人用手指摸了摸朝阳房间的窗玻璃，指尖上感受到了玻璃上的暖气，他不想自己独自享受，特意跑到隔壁去告诉别人。

屋檐的冰凌变细了。晴天时，冰凌开始滴水，屋檐下面滴出了雪坑。有两三个冰凌整个掉了下来，就像剑入鞘一样深深地插入滴出的雪坑之中。

然而这些春天的兆头，常常被突然下起的雪打断。

随着春天临近，升感到显子从远方渐渐走近了。曾经不过是遥远的一个观念的东西变得具体了，五官能够分辨了，声音也能听见了，仿佛即将清晰地看到她的微笑。可是这并不是真实的具体性，而是观念的深化导致的具体化，是一点点从世界的底部开始收集来、联结来的，被赋予了生机的那种不可思议的存在。

自从那一拳以来，虽说显示了升的威力，但他的歉意却以其他形式表现出来。他觉得获得了对濑山行使善意的权利，而非义务。濑山靠坐直升机回家的希望破灭后，他那令人怜悯的样子，仿佛又在期待着他做些什么。作为新生的友情的证明，升想到的做法多少有些出人意外。自己难道不该成为濑山发牢骚和拉家常的忠实听众吗？升打算发慈悲，反过来选择濑山作为自己至今从未公开过的恋情的倾诉对象。

升长这么大从来没有过一次想要向别人倾吐的冲动。每到夜里，就变成随心所欲之人的那种生活之所以快乐，就是因为这快乐是他独有的秘密。少年时代起他就认为被爱是理所当然的他，从来没有体会过他那个年龄特有的吹嘘嗜好。如果像亨利·德·雷尼埃的箴言所说的那样，"男人最被女人看轻的是他们不保守情事的秘密这一点"的话，升被所有女人看重也是必然的了。只是他保密的天分，是来自他对自己和生活的放任和轻视。他觉得乱麻一样纠缠在一起的过去的生活细节，没什么值得倾诉的。他有时也想过，或许等自己上了年纪，渐渐无事可做之后，会精选出一些有看头的回忆写成随笔，轰动世间一下。

对佐藤那种见人就想要倾诉内心烦恼的观念性的暴露癖，升实在无法忍受，他觉得自己的倾诉将附有特别的价值，他这样想也难怪。可是，这种价值判断的变化，是因为诉说的价值判断，本应由他人来判断，所以，这这也说明了以前只顾及自己对事物的判断的升，不知何时开始信赖起了别人，甚至是像濑山这种人的判断了。他毫不怀疑濑山会高兴地听他讲述一切。

当然不能说升完全没有意识到自己这种天真的心态。在年轻意识家的内心发生了政变，他拼命地想要把内心有意识的活动倾向驱赶到无意识的领域里去。

"我想要向濑山敞开心扉，"青年心里说，"也许是因为这告白在我心里的分量增加到了无论如何要找人听的程度。而且我还相信濑山会给予高度评价。也说不定我的判断受到了某种强于我的力量左右。我盲目地想要诉说的欲望，一定是想让他人分享这一喜悦。这样看来我也许是在恋爱呢。"

升找到诉说的机会并不难，每星期升都要通过传达电话收到显子寄到 K 町来的明信片，每当这时濑山就会竖着耳朵坐旁边，他也在等妻子的来信。

一封信也等不着的濑山，无聊地跟升打诨。升笑着应对他，并邀他到自己屋里来喝一杯。

升拿出了最后一瓶酒。萤酒吧的礼物都分给了大家，他自己只留下两瓶白兰地和一瓶科涅克。每天喝一点儿，最后这瓶白兰地也只剩一半了。

濑山对这一盛情款待非常感激，发挥了未醉之前便佯装喝醉的酒席上常客的习性，竭力宣称被打之后产生的人与人之间的真正的理解，又是自称"一个男子汉"，又是赞美"男人的友情"。前些日子辩论时的濑山和现在这样通情达理的濑山之间一点也挂不上钩，不过，想坐直升机回家却以失败告终的濑山至少可以在第三者心里引起对他的好感。

奇妙的动物性反应使赖山趁着醉酒的劲头，单刀直入地问起了升本想向他坦白的事。

"打电话的那个女人是谁呀？如果是萤酒吧的姑娘，是哪个姑娘啊？你的嘴也真够严的，这里的人都在议论这事，可是谁也猜不出她是个什么样的女人。"

濑山一喝醉脸就红得发紫，方脸上的小三角眼越来越细，好像天生一双从缝隙里窥视的眼睛。

"她不是萤酒吧的姑娘。"

"什么？不是萤酒吧的姑娘？这么说你除了萤酒吧外还有其他女人喽？"

"萤酒吧的女人就像是我的姐妹。打电话的女人根本不是干那种行当的。"

"嗬，这可是新鲜事啊，"不出所料，濑山果然对这个话题极有兴趣，"和萤酒吧的女人之间，真的什么事也没有？这可真是邪门儿啊。十一月我去那儿给你传话的时候，她们都欣喜若狂地欢呼起来了。当然，我也纳闷，如果她们都是你的女人，也不可能那么和睦，那么高兴呀。"

升从手边的书里拿出显子的第二封来信，扔给濑山。第一封信不大方便给他看。

"菊池显子。"

濑山用迟钝的手指翻来覆去地端详着信封。

他把名字念出了声,默念了地址。

"这一带我知道。我有个远房大舅住在这附近,那儿可是个幽静的好地方。离多摩川不远吧。"

"是啊,就是在多摩川认识的。那天她正在河边散步。"

"哦,是河里的精灵吧。"

濑山就像在酒桌上应酬。

升同意他看信,于是濑山就如同从密封的信封里拿出"重要卷宗"似的拿出了那封信。看的时候嘴也不闲着,什么"真不寻常啊",什么"喂,别太认真噢",不停地插进一些俗套的议论。

升一点没有提及夜生活的丰富多彩,只是详细讲述了显子。这位有品位的青年的诉说,当然不会描述多余的细节。他只讲了显子是有夫之妇,和她仅仅睡了半夜,并订下了恋爱之约,互相写信和那个突然的电话都是自己制造的情网,自己感觉将要掉进去了等等一连串精神上的交往过程。

听升讲述时濑山的眼睛仿佛做梦般的蒙眬。升见濑山如此陶醉于别人的私生活,而且是和自己毫不相干的私生活的诉说,效果大大超出了他的预想,反而有些扫兴了。原以为通过诉说,自己会感受到的甘美的感觉,被濑山削弱了几成。

濑山久久没能从陶醉中清醒过来。他呆呆地望着已不再说话的升的宽阔的前额。如同诗人看见云彩会产生灵感一样，濑山似乎通过窥见别人的私生活，能够诗兴大发。

他终于想起了什么，这是个绝对不能不问的问题，还一直没得空问。

"那么，你到底迷上她什么了？她哪点让你心动？"

升简洁地回答：

"那个女人不会感动，所以我喜欢她。"

这个相当费解的回答使濑山的脑子直犯糊涂，可是，升露出不再作任何解释的神色，濑山只好嘴里嘟嘟哝哝地，没敢追问下去。

出去滑雪的次数越来越多了，年轻的工程师们一个个晒得黝黑。不会滑雪的濑山，也因为躺在除了雪的煤炭小屋的铁皮屋顶上睡觉而晒黑了。有太阳时，那个屋顶上暖洋洋的，热气包裹着他。不下雪的时候，偶尔下几场早春的细雨，积雪更加肮脏。大家滑雪回来时，远远望见躺在屋顶上看书的濑山，书的白色封皮被周围的脏雪衬得白花花的。

雪景稍有一点变化就一目了然。比如，昨天还被雪覆盖的地方，今天就变成碧绿的常青树沐浴在阳光下，宛如发生了奇迹。有时，碰巧会遇见奇迹发生的现场。被雪压趴的树木会像一只突然醒来的大鸟，使劲扇动着翅膀似的伸直被压弯的树枝，挺立起来。此时发出的声音就像拨动弓弦一样好听，其间还夹杂着雪散落到四周的声音，树摇晃好一会儿才立住，只有根部还压着雪，整棵树毫无损伤，一瞬间大树又恢复了往日的英姿。

去原石山的一组，带来了好消息，他们发现了野兔的足迹。在沼泽地的周围，发现了许多清晰的兔子脚印，还有许多像散落在地上的豆子似的黑亮的粪球。

这天大家出去猎兔，有几只兔子被赶上了悬崖，人们瞄准它们开了枪，升打中的一只是这次声势浩大的狩猎的唯一收获。当天晚上，白头鹤施展了他的调味手艺，去除了兔肉的腥酸味，还把直升机送来的豆酱往兔肉汤里放了好多。

他们又发现了熊和羚羊。当地的猎手为了熊胆和价值四五千元的熊皮出动去打猎。水库建筑所的人们有时能分到一些熊肉，偶尔夹杂着一些羚羊肉。羚羊属于禁猎范围，猎人们乖巧地说："是羚羊自己从崖上掉下去摔死的。"

升第一次体会到，看见春天最早出现的黑土地，会给他们带来如此莫大的欢欣。雪已经变软了，一不小心就会陷进大腿深的雪里。积雪首先从宿舍周围扔焦炭的地方开始融化，露出了包袱皮大小的一块黑土，那块黑土一天天增大着。

有人提议去踩踩那块土地，大家都赞成。人们穿上好久没穿的布袜子，轮流去踩那块土地。土地在他们的脚底下是那么富有弹性。

有的人干脆脱掉袜子，光着脚在冰凉的土地上踩。那小块土地与大地相连，没有比这样的触觉更振奋心灵的了。中断已久的音信又接通了，有一种可以将自己的存在纳入应有的秩序中去的感觉。

四月二十四日下了最后一场雪。

雪下到地上立刻就融化了。

接着雨水多次沐浴了这里，细小的杂草开始萌芽了。

一天早晨，餐桌上飘散着异香，青年们竞相盛着酱汤。原来汤里面放了白头鹤去沼泽摘来的款冬芽。大家把脸凑近冒热气的汤碗，贪婪地闻着这春天的香味。

温暖的日子越来越长，到处都在发生雪崩，轰鸣声总要持续四五分钟。水库工地的山崖上也响起来。喜多川沿岸一带都发生了雪崩，从喜多川上游方向也时常远远传来雪崩的巨大回响。一天，升一行五人去调查雪崩，喜多川的冰已经融化，水量激增，又听到了久违的激流声。

大家沿喜多川走在通向 K 町的公路上，看见荒泽岳北坡发生了连续不断的大雪崩，道路被完全阻断了。

"就是它吧，这就是使我们越冬延长的罪魁祸首。"

佐藤说道。

"必须等到这些雪都化了才行。"

"听说从折枝岭到这儿，到处都是这个样子。特别是明神泽，全是雪堆。"

升说。

大家结束了调查回宿舍的途中，升离开大家，朝银山平滑去。他想要去看看那条小瀑布。

通往小瀑布一带的景色变化很大。以前被雪覆盖的浑圆山坡变成了灌木丛。从灌木丛旁边滑过时，升的夹克触到了树叶，发出哗啦啦的响声，惊动了一只山兔。

福岛县的山色也变了。以前雪中只能看见陡峭的菱形山峰，现在四处露出了岩石，就像被凿出来的一样。往奥野川去的下坡路上，本来可以一直滑到山下，如今要选好路线，小心翼翼地滑，要多花时间才能到达河畔的山毛榉树下。

倚在山毛榉的树干上，青年听到了好久没有听到的水声。那水声和流淌的河水不一样，和被石头阻碍的激流声也不一样。透过河水声，他倾听着那微弱的另一种旋律。那是直落而下的，与流动的水流撞击的，向四周播洒水珠的微妙声音。青年抬头望去，冻结的小瀑布苏醒了。不仅如此，由于源头的水量增加，小瀑布的流量比冻冰前还要丰富，以至于瀑布周围的雪和枯木与其英姿相比是那么不协调。

升久久地凝视着瀑布。

没有风，瀑布直泻而下。升想，冰雪消融那势不可挡的气势和水量，使得任何疾风都不能动摇小瀑布。

一露出土地，雪的消退非常之快。就像收拾东西时的人，心情总是很急躁一样，他们每天都拿着铁锹去铲雪。

现在是五月初，其实越冬真正难熬的日子，正是从现在开始。因为尽管春天已经来了，可是山岭上的雪还得一个月才能化掉，在此之前，还必须待在这个山沟里。

好比牢房里的犯人，在刑期服满的前几天，愈加焦急难耐。田代每天用电话给一直没有问候过的母亲发送明信片。佐藤给那个女人写了一封念不出口的信，升看了信后也觉得念不出口，他知道佐藤根本不打算寄出这封只能用电话来念的信。那封信从头至尾充斥着肉体性的称呼。

老树发了新芽，颤巍巍地舒展开柔软的新枝。所有的树木都充满着某种预感。和它们稚嫩的新芽相比，那些新枝竟然显得更娇艳。

山坡南面的雪几乎都消融了。升从秃枝间看见了盛开着白花的木兰树。那长长伸展的树枝上开出白色的花，就像树枝上的蜡烛台。仿佛冬天时储存在树干里的灯油，突然被点燃，一齐着起了白色的火苗来一样。

升抬头望着蓝天下这些在早春微风中摇曳的花朵时，发酸的脖子使他感受到了漫长的越冬带来的疲惫。他使劲地伸展着胳膊和腿。

升想，显子已经不是一个观念了，而是想触摸便可以触摸到的实体了。他想方设法地绕远到达了目的地，现在只剩下见到显子本人了。他以那么大的热情盼望春天到来，现在春天就在身边。在不惜背离自己的思想，等待春天的这段日子里，相信了未来的他，尽管相信此时的欲望的纯粹性，却又不能不问自己：

"我真的能够不思考明天地生活吗？"

辛夷花和周围春天景象的出现，给他带来了一种恐惧。

六月三日宣告越冬结束的路虎载着总工程师从 K 町出发了。总工是个喜欢戏剧性事物的人，所以事先故意没和水库工地打招呼。

宿舍的人有一半在院子里玩投接球，升也在其中。天气晴朗，风很大，球有点儿轻飘。

公路由西向东开来，沿喜多川北上，东风把汽车引擎声吹远了。来到银山平的一半时，也听不见它的响声，谁都没发觉有车朝这边开来了。

有人把球打偏了，去捡球时，才听见了汽车的声音。

起初大家对他的报告都不相信，但后来变成了怎样的狂喜，就不再赘述了。路虎倦怠沉重的引擎声久久地留在了他们的记忆里。越冬的人们以后每次见面时，都会说"那个声音一辈子也忘不了"。

越冬者们一律休假两周。升给显子拍了电报。

升在 K 町住了一晚，领了工资，取出寄存在 K 町的西服送去熨烫了一下。他在 K 町的住所里贪婪地看报。升他们不在的这半年里，社会依然如故，不断地把大事件吞进去。他们十几个人越冬，并没有对社会造成任何影响。

了解了这一理所当然的结果后，升到镜子前去刮胡子。脸晒得很黑，只有眼睛和牙齿像涂了一层白色。升本来就不讨厌自己的模样，现在他觉得黝黑的肤色让粗黑的剑眉、俊俏挺直的鼻子构成的棱角鲜明的相貌，更添一层威猛，富有一种罗马式的风情。

升和田代、佐藤乘明天下午两点零四分的特快回东京。这天上午，他穿上了剪裁合体的浅灰色西服，系上斜条纹领带，在 K 町的街道上散步，小镇上的女人引起了他的兴趣。

他在镶嵌着红铜酒桶的酒馆招牌前，停下脚步看了好半天，洒满阳光的内院里养着一群鸡，能听见鸡在互相追逐、打鸣的声音。身旁疾驶而过的自行车铃声，马路上卡车的大大的辘辘印，静悄悄的裁缝店里面响个不停的电话铃声……

他不禁怀疑这个小镇今天是不是有庙会，因为不可能所见所闻都无缘无故地那么印象鲜明，擦肩而过的行人的表情都那么有活力。

他来到唱片店前，端详起本月新唱片的广告。又在杂货店前，为一个挨一个摆成排的铝锅发散出的温柔光辉而感动。

城镇这种地方，并不单纯是人的聚集地，它是人类制造出的最容易亲近的一种思想。

升又在一户住家门前驻足看起里面踩缝纫机的女人来。篱笆墙的树叶稀疏，隐约能看见里面的人。屋子里很暗，看不大清楚里面的摆设，反而清晰地衬托出了女人的身姿。女人有点胖，很年轻，正埋头伏在缝纫机上，双手摁着一块白布移动着。缝纫机的金属部件亮闪闪的。女人身穿天蓝色毛衣和同样颜色的裙子。缝纫机下面，粗壮健康的光脚在一上一下地踩着踏板。由于动作太快，膝头上的天蓝色裙子不住地掀动着。北方女人特有的雪白双脚的这种动作，在升离开这里以后，还常常幻觉般地闪现在他眼前。

濑山还有事务要处理，必须再多待一天，他把升送到 K 町车站，又发了一大通牢骚。

"回事务所后，没有一个人尊敬我了。女孩子们一见到我，就扑哧笑出声来，而且为了笑个痛快，还赶紧找地方去偷着笑。你们都成了英雄，这当然是好事，可是我的悲剧就那么可笑吗？回家以后，要是老婆也笑我的话，那就得给她一个耳光了。"

开往上野方向的这趟车的二、三等车厢很拥挤。

升一行在二等车厢里有座位，可是升偏要到拥挤的三等车厢去看人。那么多人，有那么多张各种各样的脸，这使他欢喜。满脸皱纹的老农民的脸，穿学生服的少年的脸，有些浮肿的唠唠叨叨的中年妇女的脸，脖子上缠绕像海带一样的海獭围脖的上年纪的太太，朴实的笑容已在脸上定了型的农妇的脸，彩色画卷上的仆人模样的镇议员的脸……升对别人的脸怀有同胞的感情，这还是头一次。他饶有兴致地观瞧着人们，直到人家注意到他为止，他为自己过于胆怯，未能去拍拍那些人的肩膀而遗憾不已。

一回到自己的座位上，田代和佐藤就一个劲问他去哪儿了，升笑而不答。

田代和升并排坐着，一个人坐在通道另一边的佐藤，几乎整个身子都侧了过来，没话找话地跟他们聊天。正处于宽恕心境的升，也不怎么觉得讨厌。总之，他们三个人就像刚登岸的水手似的，心情都特别畅快。他们只觉得自己有权利干点出格的事，干什么都会得到允许的。

田代不停地吃东西。他吃了车上的盒饭、煎饼干、巧克力，接着又吃了第二份盒饭。他那黝黑了的脸颊不显得那么红了。就像晕船的人一上岸就没事了一样，又变回了原来的田代。

"水库建好后，在那儿给咱们修个越冬纪念碑吧。"

"到那时候那里就是水底了。"

"所以就在离那里最近的地方修呗。要是有个人殉职就肯定能建成了。"

这个晚熟的青年，忽闪着的好幻想的眼神想入非非。他现在不论怎样，也要认为自己经历了冒险家的生活，但记忆中的那半年生活太过单调，充满了日常性，无可作为，说到危险，只有发了三十九度高烧的那一晚和一些心理性的危险。回到东京后，他打算每天去看好几场惊悚影片。

佐藤煞有介事地看了看周围才说：

"我打了个赌。"

"打什么赌?"

"她如果到车站来接我，就像我曾对城所君断言的那样，今天晚上我肯定干了。如果不来……"

"就不做了吧。"

田代接下话茬道，佐藤恼怒地撇了一下嘴，瞪着田代不再吭声了。

火车过了高崎，黄昏时四处亮起了霓虹灯，这美丽的街景立刻使青年们和解了。他们挤到一个窗口前，眺望着小城镇的街树和商店屋顶上热带鱼般的五颜六色的霓虹灯。三个人热得脱掉了上衣。玻璃窗拉了上去，窗边紧紧地围着一团浆洗得一点褶皱也没有的白衬衫，夹杂着青年人的体臭和轻微的糨糊味儿。

从火车驶入上野车站之前，三个人就从窗户里朝外面张望起来。升很快就认出了来迎接的三个人。和田代长得很像的小老太婆，用做工粗劣的套装裹着毫无女人味的身体的佛像模样的女人，还有显子。显子穿着和服，表情就像白色的绵羊在不安地伸长脖颈到处闻着气味似的，搜寻着进站列车的每一个窗口。

升跟在二人后面下了车，显子轻轻闭了一下眼睛。她仰望着升的眼睛里流露出的期待，骤然间唤醒了青年内心的现实感。正是凭着这种感觉，他们才联系在一起的。期待与期待的实现，欲望与欲望的满足，越冬时，升几乎忘记了这种关系的模式。所以，他以一个微妙的动作来掩饰自己，表示出自己正是显子等待的人，并因此而使自己明白了一名具体的男人的作用。

他们先握了手，显子的白色网眼手套在升的手掌中产生了一种薄荷样的快感，然而显子却马上又摘掉了手套，重新握了手。

从早春一下子来到初夏的傍晚，升的脑子有些混乱。显子的脸上，在车站耀眼的灯光下，现出复杂的阴影。今天她穿的不是以往那种华丽的和服，而是红绿色混纺的英国法兰绒斜纹布做的和服，配着博多素色的深绿腰带，系了条道明的锈朱色绦带，着了一点红胭脂的耳垂上，戴着粉红色的珍珠耳环。奇怪的是，那个耳饰穿透的耳垂上的小窟窿竟使升兴奋得忘乎所以起来。

"你晒得真黑，雪的缘故？"

"是啊。"

升本想说明一下那雪有多大，又咽了回去。

"你打算先回家吗？"

"我没有家了，已经连家具一块儿卖掉了。"

"是吗？"显子像以往那样露出淡然的微笑，然后满不在乎地说了一句，"我今天不回家也行。"

"他去旅行了？"

"你是说我丈夫？没有，在家……不过，我一接到电报，就马上和表妹见面，做好了各种准备。所以，我现在是和寡妇表妹一起去轻井泽，参观寡妇表妹租的别墅。"

显子按了一下青瓷色手镯上的按钮，小盖子左右张开，看了看里面细长的表，现在是六点十分。

"一起吃饭好吗？找个安静的地方。"

显子说。两人并肩走起来，升突然笑了，女人问他笑什么。

"没什么，我想起了一起回来的佐藤，不知那家伙到底'吃饭'不吃啊。"

……两人又是吃饭，又是喝酒，消磨着时间。升从没有"第二次约会女人"的体验，所以第一次感受到热情之中原本掺杂的平静的心情。自己以前太喜欢不安了，会不会是错把不安和欲望混淆起来了呢？

和显子的眼睛对视时，她眼神里也呈现出升所感受到的安宁。不经意的谈话几乎都与他们共同的回忆相连。升没想到他们之间会有这么多可回忆的东西。

"你想到我会来车站接你吗？"

显子问。升点了点头。

"如果你回来的车有变更，我觉得我肯定会知道你变更的时间的。当我按照电报上的时间等你坐的火车进站时，我就肯定你在车上了。即便没有电报，我想我也会在这个时间去接你的。我向来不大相信电报的数字。"

本应很厌烦女人的神秘主义的升，竟认真地倾听了显子说这些话。因为不久前，他刚刚去看了小瀑布复苏的神迹。

此处不再详述他们两人幸福的交谈。他们跟去年一样，夜深之后，去了山手的旅馆。

升洗过澡后，还没更衣的显子，像上次那样到另一间屋子里去换浴衣。升要她直接去洗澡，不用穿浴衣了，显子笑着照他的意思去了浴室。

升一个人站在显子挂在衣架上的法兰绒和服和脱下来的内衣前。这里是女人片刻离开后的女人房间里的气味。这幅静物画实在太完美了，升恍惚感觉自己置身于长期以来自己所想象的画中了。

　　法兰绒和服像彩虹一样色泽朦胧，衣箱边上搭着轻如羽毛的白色网眼手套，墨绿的腰带从衣架上长长地拖到榻榻米上。锈朱的绦带也挂在衣架的一头，垂下的绦带穗头晃动不停。白色的西式内衣，仿佛与这些花哨的漂流物相对抗似的，像余波的泡沫一样扔在衣箱上。

　　升觉得女人们的裹身之物，无不令人联想到海藻啦、鱼鳞啦等等与海近似的东西，然而空气中飘散着的却不是海边的气味。只闻到慵懒浓密的、甘甜暗淡的气味，与其说这是夜晚的气味，不如说是女人们的时间——午后的气味。

　　升将脸伏在显子的内衣上。这种享受可以说是在享受显子不在的最后一刻。

　　在那漫长的半年里，显子几乎成了观念的存在，现在对升来说，这衣物的香味、微微残留的体温、这布料上的细小褶皱，仿佛都不是现实的显子留下的，而是观念的存在刚才穿着之后残留下的。

　　但是，青年因突然袭来的不快回忆抬起了头。他想起了这个香水味正是那清纯的信纸上沁出的气味。

　　此时升心里有种微妙的失落感。

　　他处于什么心境暂且不提，眼前正值欲望高涨之时，对他来说，心理上的琐事并不重要。

　　"不过，"升想，"从车站到现在，显子一句也没提到她所烦恼的无感动的事，丝毫没有流露出对此有所期望，这是什么缘故呢?"

升又一转念,变成了真挚的女人,变成了从眼神到一举一动都沉浸在恋爱中的女人的显子,对这一不言自明的不愉快的话题,当然不愿触及了。

"如果现在她还说那样的话,我就捂上她的嘴。"

……刚出浴的显子非常美丽。眼睛明亮而湿润,微微嘟起的朱唇仿佛倾诉一般,让人心旌摇曳。升轻轻吻着她的嘴唇,静止了好久。显子没有像以前那样,接吻之前眼睛看着别的地方。升刚才就惊讶地发觉,显子的接吻和半年前接吻的感觉完全不一样了。

升一边想一边吻着她的头发、前额和耳朵,确认这些物质性的细小的地方还没有变,但显子却完全变了。尽管美丽苗条的身体还是那么拘谨,但是绕在升脖颈上的手指,就像被救起的溺水者的手指那样紧得吓人。

现在升的爱抚,即便是尽量轻柔,也和以前在城市里不同,变得粗野了。不再那么有耐心了,着急而吝啬,对所有细小的地方的美感都感动不已。

显子微微睁开眼睛望着升时的眼神使升战栗。那眼睛绝不是在看升,只是在注视她自己内部产生的欢悦。升吻去了沿着她的眼角的纤细皱纹流下来的眼泪。显子喊着升的名字,这深切的呼唤,仿佛是从升的手触及不到的远方传来的。

　　那天晚上，两个人一夜没有合眼，黎明时分才不知不觉睡着了。升睡了一个小时左右就先醒来了。说他没有胜利感是假话，作为男人的胜利感和作为主治医生的胜利感共同构成了这一人性的喜悦，会使单纯的男人至少得到了可保持十年的幸福。

　　升望着显子的睡脸，透过窗帘射进来的晨曦把她的睡脸照得很美丽。升想起昨天夜里，显子不断重复的悦耳的声音：

　　"这是第一次……第一次……第一次啊……"

　　昨天晚上显子去洗澡时，升想起信纸上的香味时产生的疑问，现在可以捕捉到实体了。这个疑问他虽然没有说出口，但在这个不眠之夜一直萦绕在升的心头。这个没说出口的怀疑，激励着这个沉默寡言的青年在厌倦了一次快乐之后，又投入到下一次快乐中去。

　　天亮了。怀疑的效力用尽了。升头脑清晰地思考起来。

　　"真的是第一次吗？女人的感动，我见得多了，但是对女人初次体会到感动时的样子，不敢说很了解。不过，第一次知道了感动的女人难道会对这感动表现得如此欣喜若狂吗？显子看上去就像对感动很熟悉的样子。在我前面，是不是有别的男人先教会了显子感动呢？治好显子的另有其人？如此说来，已经苏醒了的显子，是怀着自信来车站迎接我的吧。"

　　他枕着枕头，环顾了一下屋内的陈设。旧松木的顶棚上，倒映出杯子里喝剩的水，像海蜇一样晃动着。毛玻璃的小圆窗很明亮，窗户上缺了几根细木条。阴暗的多用架的角落里，蹲着一个乌黑的铸金兔似的摆件。他发觉这间屋子非常眼熟。

显子也醒了，她像苏醒过来的病人那样朝升无力地微笑了一下。看见升两臂枕在头底下，就问：

"想什么呢？"

升用他那天生的坦率开朗得近乎残酷的语调答道：

"我在想，在我之前，是否有一个治好你的男人。"

"你的疑心可真够重的。我自己也不知道是怎么回事。昨晚之前，我还一直没有信心呢。除了真心喜欢一个人之外，哪有什么别的疗法呀。"

此时的升，对这样的回答是不会满意的。他盯着女人的脸，用直率而愉快的声音又重复道：

"可我还是怀疑。"

这第二次宣言引起的显子的反应，大大出乎升的意料。

显子发自内心地幸福地笑了。她的笑容除了带有某种浅薄的炫耀外，可以说天衣无缝。

这笑容立刻让升感觉到，她认为升在嫉妒，所以才幸福地笑了。这个误解使这乖戾的青年心中打起了寒战。他是个不能原谅自己对女人看走眼的人。

升想起来了，这间屋子为什么眼熟了。因为屋子的圆窗、天花板上倒映的水纹、窗帘透进的晨曦、皱巴巴的枕头、女人的睡脸、早上醒来后女人的响亮笑声，这一切都和他以前一夜风流的所有房间相似乃尔。

这么一想升立刻觉得这一夜的记忆已无新鲜感可言了。显子的欢喜中含有某种平庸的东西，其真挚之中有着他所见惯的滑稽之态。

就连他刚才认定的那个怀疑里，都潜藏着某种狡猾的，不正经的东西。难道是因为不愿意把显子变得如此平庸不堪的原因归咎于自己，才得出另有其人的主观臆测的吗？

只睡了一小会儿，显子的目光便炯炯有神，由于无比的快乐而清澈透亮。幸福直抵她的脚尖，她要跟升接吻，升却以刷牙之前从不接吻为由拒绝了她，然而她的幸福感也丝毫不减。好比一个有钱的女慈善家，早晨醒来后，以满足的心情思考着不幸的人们那样，这个感觉的财富滋养了显子的想象力。

就像给红十字会或救治麻风病事业捐款一样，她想把这一幸福分享给不幸的人们。至今为止，显子自身就是最不幸的一个，所以她分得最多吧。第二个不幸的是升……

"可是，为什么觉得他是不幸的呢？"

她用这种眼神，目不转睛地望着升，使升觉得自己也不必去费力伪装自己的感情了。

"反正他看着像是不幸的。他使我变得这么幸福，自己还陷于不幸之中，实在太不幸了。"

升对这双注视着自己的充满同情的视线心里一清二楚。显子似乎把他的不幸归因于刚才升对她的怀疑了。显子从这无根无据的怀疑中，得到了拯救这个青年的灵感。

"刚才你说的话真奇怪。"

显子说道。

"嗯，是啊。"

升十分温柔地回答。

"根本没那回事，我可以证明给你看。"

"你怎么证明？"

显子若无其事地说：

"我今天就可以提出离婚，为了你。"

升已然回归了从前的沉稳，因此听了这话以后，方寸丝毫没乱。仅凭这一句话，就可以证明显子所说的一切，彻底打消自己对她的怀疑。在和显子进一步商量离婚一事之前，升自己打破了自己说的禁忌，轻轻地跟显子接了吻，抱住了她的肩头。

对于显子这个决心，升很热情地帮她出主意，显子听了他的话，做出了结论。

"你说得有道理，开始先稳妥一些为好。从今天开始，在你休假的这两周内，我尽量每天回家。这几天你一直住这儿吧，我每天都到这儿来，半夜回去，不知道这里的人怎么猜想。"

升只跟女人睡一夜就销声匿迹的习惯，并不是出于冷酷的心，所以对于像显子这样的非同一般的女人，今后升也会大度地继续交往。他不负责任地用自己来做试验，两个星期的休假将会彻底地清爽一番，会成就胸有成竹的事业家的"未来"吧。

由于天气闷热，睡眠不足，升觉得早餐难以下咽。冰凉的煎鸡蛋，夸张地说，使他彻底陷入了不幸。女招待们麻利地收拾着被褥，想再睡一觉也不行了，两人只好出了门。

通宵未合眼的升走在街上，一点也高兴不起来。K町的早晨多么新鲜啊。走在多日没来的银座街道上，他怀疑起了这个丑陋杂沓的街道里，隐藏着什么神秘的东西。在一个商店橱窗上贴着欧洲航空公司的广告画，画面上瑞士的山景，使升想起了回东京的路上，那白雪皑皑的驹岳。

显子想去他们去年秋天约会的咖啡店，两人就去那里喝了咖啡。店内微暗的灯光和灰蒙蒙的感觉让升联想起了越冬的宿舍。他惊讶地发觉自己竟然会回忆往事，这都得怪睡眠不足，而显子却一点不见疲惫的神色。

从咖啡店出来，显子又拉着升去洋品店，订购了一个银制烟盒，在里面刻上昨天的日期，以及 N 和 A 组合的大写英文字母。显子亲自伏在装有日光灯的柜台上，设计了一个漂亮的花体字图形，纸下面是玻璃，尖尖的铅笔芯被她弄断了两次。

升看着显子这副样子，感到难以名状的羞耻，把目光转到了店外的人行道上。他漫不经心而又不无厌恶地望着熙熙攘攘、形形色色的人们。他的厌恶中有着某种清爽，这感觉本身让人舒服。这是升本来就亲近而熟悉的情感，再次回到身上来易如反掌。

出了洋品店，他们又去看电影。电影院里黑了下来，电影开始了。女人凑到升的耳边说，你可以握住我的手。升感觉显子从以前冷漠、任性而做作的女人，变成了热情而通情达理的女人了，完全忘记了她原来具有的冰冷的媚态和技巧。她是个比处女还要单纯的女人，不懂得从一片沙漠里逃出之后，前面还有沙漠在等着她。

升看着看着睡着了，一觉醒来电影已经演完了。走出电影院后，两人约好明天再见便分了手。分手后，女人又改了主意，要升把她送到新桥。

黄昏时升回到了旅馆。脑子清醒得不行，睡也睡不着，就给田代打了个电话。

田代的母亲来接电话，啰里啰唆说了老半天客套话。换了田代后，他那洪亮的声音震得电话筒沙沙直响。

"告诉你，我今天到公司去看了看，听说濑山可能会被解雇。据说除了倒卖越冬物资外，还查出了一些他在公司时的种种贪污情况……当然也没有多少钱，他本来就不是那种干大事的人。"

第七章

第二天也是个闷热的天气，下起了雨。到底是梅雨季节的雨，下了一天都没停。

升上午去了负责管理祖父遗产的信托银行，见了分社长。这个银行负责从股份分红的储蓄、地租和房租的收取，到纳税等所有业务。房租每月有八万元入账，再加上升去水库后，跨了一个九月三日的结算期，总计一年份额的股份分红和银行利息的支付，即使扣除交纳的税款，他的财产也要自动增值三百万元以上。

祖父遗嘱里有大额的捐款，还缴纳了很多继承财产过户税，现在升的财产中电力公司的股份，并没有给他提供什么的发言权，但是对于二十八岁的青年来说，财产已经够庞大了。在他备受越冬的辛苦时，存款自动增加了三百万，反倒使他觉得自己受的那些苦都像是在装模作样，自己都厌恶起自己来。难道说还是游手好闲更符合自己的身份？

"其他人的越冬是真实的，或许只有我的越冬是虚假的。说到底我不过是在雪里把自己关了半年。我到底苏醒了没有，还是个疑问……不，的确有苏醒的瞬间，非常短暂的瞬间。走在 K 町街上，望着踩缝纫机的女人的那个极其短暂的时刻。"

他又想到了祖父。祖父肯定从来没有觉得自己的行为是装模作样过。城所九造是自我放弃的通达之人……

虽说想买车今天就能买得起，却没有买车的这个古怪的青年，撑着雨伞，来到了小雨淅沥的户外。他想找个地方吃午饭。

已经习惯了集体生活的升，觉得一个人吃饭特别无聊。他真想随便拉住一个人问：

"喂，和我一起吃个饭好吗？"

这样做会怎么样呢？比如，到那家咖啡厅里去，对两三个正在喝咖啡的女孩子这么说的话，会怎么样呢？

"我死也不愿意自己一个人吃饭，能陪我吃吃饭吗？"

这么说大概会成功的吧。可是越冬后，过去他这一套通行无阻的潇洒天性已被磨掉了不少。

天气闷热，他后悔穿着整齐的西服出来。他敞开了风衣，任凭被风吹成的雾一样的水滴，打在他那藏蓝色的领带和白色的衬衫上。

停车场上的汽车车顶都被雨淋湿了，车站上有四五个打伞的人在等车，每个人都面朝着不同的方向，零零散散的。升看见和服店里坐在小椅子上挑选布料的女客脚上的那溅上了泥点的布袜子。药店里有个紧锁眉头的矮个子男人，呆呆地望着雨中的马路，用店里免费提供的水吞着白色的大药丸。

最后升随便进了一个餐馆，随便吃了一顿饭。店中央摆着台电视机，正在播放三宫球场的棒球。阪神地方是晴天。观众席出现在屏幕上，观众们顶着初夏灿烂的阳光，都在不停地扇着扇子。

"嘿，那边是晴天哪。"

升平静地想。下午三点，显子要到旅馆来。

往回走时，他顺路去了丸善洋书书店。在土木工学的架子前流连，买了两三本外国书，回到旅馆。三点已过，显子还没来。

他翻开其中一本，看起了第 68 节，胡佛水库。

"胡佛水库的最初的混凝土是一九三三年六月六日上午十一点二十分浇筑的。主要部分的浇筑作业，是一九三五年年五月二十日完成的。浇筑的混凝土总量约 325 万立方码（248 万立方米）。实质上水库的全部大块混凝土掺料比例为 1∶2.45∶7.05 以及 1∶2.37∶7.13。检修通道的周围、塔身以及防护墙的钢筋混凝土部分浇筑的少量混凝土除外，混凝土的掺料最大尺寸是230毫米……"

女招待来告诉他显子到了，显子脱去草绿色的风衣，里面穿着时髦的套裙，阴暗的走廊衬托出她那雪白的脸庞。

"我迟到了，"她兴奋地解释道，"我去取昨天订购的烟盒。可是字还没刻呢，我等了三十多分钟，才刻好。"

显子摆了摆手，女招待马上退了出去。

"以心传心这名字真不好听。要不明天搬到饭店去?"

升表示赞同，显子和他接了吻，然后把系着缎带的烟盒放在桌上，拿起电话，说了一个市中心的主要接待外国人的饭店名字。对衣着很敏感的显子，今天穿的是西装，看样子是想通过突然变成活泼的女人来取悦升。

对升而言，住在哪儿都无所谓。两个星期的住所，还是市中心更方便一些。饭店的服务台接了电话，升预约了七层带浴室的房间。他这顺从的态度，更激发了显子的母性。

"这两个星期，咱们可以好好玩玩了，今天晚上怎么安排?"

升说今晚哪儿也不想去。显子对这个回答很满意。

被限定为两个星期的恋爱期限，使这个男人给显子以悲剧性的存在的感觉，就像装得满满的果盒一样，这个青年在这两周里，将被淹没在慰藉和不间歇的享乐之中。显子大概想以自己的想象力将升变成饥饿、干渴，躲藏到隐蔽之所来的逃犯。她想要安慰升的空想，甚至包括了因快乐而疲惫的青年的苍白面庞。升晒黑的皮肤也起了作用，显得气色特别好。他看上去对自己已十分满意，追逐快乐是否会导致悲剧，实在说不清楚。

幸而都市的女人能想到的享乐，类似于儿戏。

"明天呢?"

女人列出了跳舞、观看外国芭蕾舞表演和拳击比赛等节目，但升都不怎么有兴致。于是显子又提议，如果是晴天，就借辆朋友的车去郊游。对她这些一厢情愿的建议，升露出惊讶的神情。她难道想要把在"自然"中熬了半年之久，已经待腻了的男人，再拉到"自然"中去吗?

升忽然想象起明天将要搬过去的饭店里的房间来。他脑子里出现的不是明亮而抽象的饭店生活，而是受显子想象力的影响，出现了一间大白天也遮着百叶窗的灰暗的西式房间。透过百叶窗照到地面的一束刺眼的光线，和走过那道光线时的赤脚，花瓶里枯萎的花，烟灰缸里的烟蒂，以及下午走廊上越来越近的吸尘器的噪声……这些正是人们所说的"反自然"的生活的标本。

……雨一直下到夜里也没停，把所有心理的起伏都平复下来的强烈欲望，使青年心情变得有些糟糕。越冬时的那种统一的观念世界崩溃了。如果把现在在这里的约会，看作是两个头部在相爱的话，越冬时则是四肢在相爱。

他记得显子在就寝前，要用小小的喷雾器往嘴里喷香水，是和那封信上洒的香水一模一样的气味。不过现在仅仅觉得这个气味很好闻，却引不起升的嫉妒。明明知道晚上女人还要回到她丈夫的家里去，也不觉得嫉妒的。

显子的身体灼热、汗涔涔的……这些集合到一起的官能的片断，使升为自己欲望对象的模糊不清而焦躁。显子不停地呻吟着，升搂抱她那如痴如醉的身体时，僵硬的手因汗湿直打滑。

……打在房檐上的雨声很响，两人像躺在沙滩上那样躺在床上倾听着那声音。其中比较突出的那个声音好像是从排水管里掉下来的雨水，滴落在向外凸出的窗户顶上的声音。

"看来我得冒着雨回去了。"

显子说道。升没吭声，他拍死了一只飞过来的蚊子。这是一只透明的雄蚊子，透过灯光，可以看见它身体里浅蓝色的液体。升爽朗地问：

"你懒得回去吗?"

"是啊。不过，要是把自己不想走说成是因为你的热情，是不是不大合适?"

"说话真是委婉呀。"

显子睁大了疲惫的眼睛说：

"委婉什么的，已经越来越不适合我了。女人最清楚适合自己的是什么了。"

"所以今天才穿西装来的?"

升的语气渐渐愉快起来了，女人由此知道了升是个讨厌说伤感话的男人。

"下次我是不是应该穿件休闲装来呢。"

次日，显子又穿着和服来了。她一定是判断升不喜欢西式服装。这种多虑使升的心里空荡荡的。因为他想到，自己的生活，早晚有一天，会被这种"招人喜欢的"心理错位所占满。

雨下个不停。他们叫了旅馆的车，像过家家似的搬了家。升的行李少得可怜，显子更没什么东西。

在车里，两人都没怎么说话。显子好像说了句什么，升没有听进去。

下午的饭店前厅里很暗，寂静无声。皮椅子摆了一长溜。关着的吊灯沉重地悬挂着，灯罩复杂的阴影里，凝结着梅雨天气潮湿的阴郁。

升走到用蓝色灯光突显"Reception"（前台）字样的指示牌旁，在卡片上签上名，填写了两个星期的住宿日期。钢笔很尖，在纸上写字时，溅出了细小的飞沫。

穿绿色制服的服务生领着二人上了电梯。进了七楼的房间，二人无所事事地望着雨中的街景。对面桥头有个刚开工的大厦地基工程，崭新的木围墙外面，堆成山的沙子暴露在雨水里。

显子手里玩弄着木牌上的房间钥匙。

"这把是我的了。"

"为什么？"

"因为这把只能开这个房间。你的那把肯定是能开任何一间屋子的总钥匙……再说，不住这里，却每天都来待好长时间的话，饭店会有意见的。你给服务台打个电话吧，就说两个人开这个房间。"

升想到了道德问题，但与显子无关。他突然想起了打濑山的事。他一直想要暗地里为濑山做点什么来弥补一下，积点阴德。听田代电话里说的濑山将被解雇，于是为了拯救濑山，搬进饭店两天后的将近中午时，他来到公司，要求面见董事。此人是现任社长的内弟，握有公司的人事权。

这天是个晴天，董事请升一起吃午饭。

董事是在商社街午餐高峰时的餐馆里请升吃饭。店门外的玻璃橱窗里，摆着大虾、比目鱼、白丁鱼、青花鱼和贝类等时令鲜鱼的法国菜样品。当然，站在董事的立场，是在请有实力的股东之一吃饭，而不是一名下属职员。

两人先干了杯辣口的雪利酒。

"祝你平安归来，辛苦了。休假是住在家里吗？"

"不是，家借给别人住了。我现在住在饭店里。"

董事问了是哪个饭店，升告诉他之后，董事说：

"呵，真奢侈啊。从那个越冬的宿舍突然住进豪华的饭店，觉得特别舒适吧。不过，休假结束后，一回工地，你又要大吃一惊。美国造的机械正陆续运到那里，只等你们的临时设备方案上马了。你的基础设计在公司内可是大受好评啊。前几天，美国的工程师看了也很赞赏。你对美国有兴趣吗？现在说是早了点，等水库竣工后，你想不想去美国待上两三年哪？去看看胡佛水库，顺便也玩一玩。"

升老到地微笑着，接受了这一提案。其实他真正想去的是非洲或中亚那样的不发达地区。直到甜点上桌，青年才提起了濑山的事。

"濑山君嘛……"

董事马上变成一副听到亲人的不幸消息似的沉痛表情。升一向对于这位当权者决不暴露自己内心变化的修养十分钦佩，但这种装模作样使他反感。

"他做了些有损公司的事，还不构成刑事罪，目前公司正在研究他的去留问题。"

升又重复了一遍救助濑山的话，董事苦苦思索了半天，不停搅动着果冻上的奶油，最后终于说道：

"好吧，既然你这样说，濑山君的事我想想办法吧。"

　　升每天看着显子幸福的笑脸，就像相面的看出了吉凶，却不说出口一样。那明显是个不祥之兆，看厌了这张脸的升，想要从别的脸上寻找真正的幸福预兆。就像滑稽的相面先生那样嘴上不明说，心里却想看。升从公司回来时，直接去了濑山家。

　　从中央线的 N 站下车后，过一个天桥，走五六分钟就到了濑山的家。

　　升过天桥时，有列火车进站，天桥被火车喷出的烟气所笼罩。煤烟味儿使他想起了宿舍食堂里总是弥漫着的烧煤味儿，感觉是那么亲切。

　　这气味不仅意味着越冬的那种充满人情味的集体生活本身，还暗示着身在其中所感觉不到的更深一层的东西。他曾为自己内部不断产生新的感情而惊讶，但惊讶过后却没留下任何痕迹。忘掉了那时的严寒和每日的辛苦，却还向往宿舍火炉的这份心情，并不是他最初所抱有的纯粹的现实性得关心，而是因为只有在一切苦恼的叫喊和绝望的声音都是无效的、都绝不会传到外界去的那种状况之中，他才可能得到那种平静的幸福。被石头这类明快的物质，或群山峻岭那样超绝的自然以及无垠的白雪所吸引，志愿去奥野川水库的升，也许穿过这些坚硬、沉默的物质的世界，触及到了自然的无名之魂。

　　……火车的浓烟飘远了，升眯起眼睛望着那个方向。夏日的白云下面，铁轨远远地向西延伸着，家家户户的屋顶都闪烁着阳光。

烟尘飘散开去，露出了湛蓝色的天空。升从那白云微妙的形状，想起了祖父的脸。他苦思冥想着祖父那纯粹的人性的热情、欲望、名誉心、事业心，这些在今天看来是徒劳的精力到底意味着什么。也许祖父二十四小时都是生活在和某种东西相斗争之中的。即那些嘲笑他、轻视他、排斥他的东西。其结果，城所九造自身成了毫不愤世嫉俗的嘲笑者，成了一个怪物。升现在也和祖父一样，到了要面对嘲笑他的存在的时候了吗？这就是社会吗？还是像濑山所说的那样，是人际关系呢？或者是"他自身"呢？

……濑山家周围种了一圈同样植物的篱笆，这是一所幸免于战火的老房子。进了大门，有一个通向院子的低矮的篱笆门，升站在门边朝院内张望。

小院笼罩在新长出的嫩叶中，湿漉漉的，用砖头围起的一块榻榻米大小的沙坑里，插着一把掉了漆的小孩玩的小铲子。

日照最好的地方是院子的最里面，盛开着蓝芙蓉的一角。一个没有化妆的矮胖女人，穿着连衣裙和木屐，正蹲在那里。木屐的前部陷进了梅雨时节湿润的泥土里，看得出来，她非常小心地端着这个架势。女人搂着身旁站着的一个五六岁的男孩子。这是个胖嘟嘟的孩子，嫌太阳晃眼似的眯着眼睛，别别扭扭地歪着身子站着。

"好了吗？"

女人问。

"再等一下，等一下。不要乱动。"

响起了濑山的声音。升移动身子往那边瞧，透过树叶看见濑山举着的新照相机闪闪发光。

快门响起，蓝芙蓉旁边的活人画终于解脱了似的站起来，升趁机推开篱笆门进了院子。濑山一看见他，就发出一声怪叫，吓得小孩盯着父亲的脸瞧个没完。

两人在面向院子的八铺席客厅里喝起了啤酒。濑山一口气喝干了一杯，盯着空杯子里慢慢收缩的白沫，无限感慨地"嗯"了一声。这声"嗯"听起来是那么心满意足，升实在怀疑这是即将失业的男人发出来的声音。

濑山如果再稍微沉默一会儿的话，他那大人物的印象也说不定将会永远留在升的心里。可是，还没等别人问，他就变回了不炫耀自己的功劳就难受的俗人，用那种"社会人"的口气说道：

"你听说我要被解雇的事了吧？"

升告诉他从田代那儿听说了。

"是吗？不过，这个传闻马上就会消失的。"

"为什么？"

"你还记得越冬时我老在写笔记吧？因为我察觉了反城所派的阴谋，所以把自己调查的事实——当然都是确凿的证据——记在了本子上。没想到它派上了用场。

"如果这本笔记被公开，以常务董事为首的反城所派就不得不全部下台，就是这么一本使他们心惊胆寒的资料。

"越冬结束后，果然他们诬陷我贪污，还编造出好多证据。我一回东京就立刻拿着笔记去见了董事，这是前天的事。

"我告诉你，董事哗啦哗啦翻着笔记，脸色煞白，没有比看着别人在自己面前吓得变了脸色更痛快的了。你猜后来他说什么？

"他说：'把这本笔记留在我这儿吧。'

"我不客气地说，我早就复制了一份，所以您要它也没用。于是他哆哆嗦嗦地说：'你想敲诈我？'这真是太痛快了。我赶忙换了个低姿态，可怜兮兮地说，我哪有那么大的胆子，只是为了不让老婆孩子挨饿才来求您的。最后，董事以绝不把那本笔记泄露出去为条件，答应了不但不解雇，还调我到总社去。只是我的调动——是正式提升——要等到这个事件平息之后的九月份左右实施。所以还要在 K 町待上两三个月，正好避避暑也不错。"

"能让我看看笔记吗？"

"那可不行，不行啊。我和董事之间有君子协定。我本来想只给你一个人看的。".

濑山从拿着杯子的手指中抽出一根手指，朝门框上边指了指，原来那里挂着城所九造穿着礼服大衣的威严的照片。

"我这是仰仗了先生的庇护啊。人只要走的是正道，谁也无法陷害他。虽说走正道，并不是说一定要当正人君子。只要纯正无邪地人性地生活，就是正道喽。"

升听得目瞪口呆，他正要反问濑山"那么你到底有没有'人性地'贪污"时，刚才那位矮胖的女人，也就是濑山的妻子端来了下酒菜，这个话题只好作罢了。

喜欢在客人面前炫耀自己的威严是一般男性的心理，到了濑山这儿却倒过来了。喝醉了的濑山涌出了恶作剧的热情，故意当着客人的面，把自己的渺小展示给妻子看。他拽着要回厨房去的妻子的裙子不让她走，叫她坐在旁边。

"我被这位年少的先生给揍了，真疼啊，真疼啊……"

濑山翻来覆去地说着，幸灾乐祸地瞧着升和妻子的尴尬表情，没等喝完第三瓶啤酒，他就突然站起来，跳起了给越冬的人们解闷的下流舞蹈。

跳着跳着濑山突然想起了什么，对妻了喊道：

"快把照相机拿来，照相机，照相机。"

小孩跑进来，大模大样地从客人的盘子里捏了一片火腿肠吃了起来，两口子都装作没看见。

"这个照相机不错吧？"

濑山把刚才那架照相机递给了升。

"这是佳能 IID 的，镜头是 Fl-8 的。用这个终于可以制作儿子的相册了。虽然不想为了相机去越冬，可是不得不越冬，也就得了这架相机。是昨天才买的。"接着，他在妻子面前说起了英语。"你看呢，城所君，连这种四五万元的相机都买不起的我，像贪污公款的人吗?"

升到底也没能说出今天拜访董事的事。濑山又刨根问底地问了显子的事，但已回归了原来的秘密主义的升，只是含糊其词地敷衍着。听升说回东京后，还一次也没有去萤酒吧，濑山一个劲儿责备他不懂礼节，一定要陪升去一趟。

濑山的家里没有电话，所以到了市中心后，升给饭店挂了个电话。显子接电话时，尽量克制自己的不快，依旧是平淡地笑着，这笑声听起来很亲切，升发觉比起和显子见面，还不如电话里交谈更有魅力。一瞬间，竟使他想起了越冬时的那个令他感动的电话。于是升把原先准备回去的时间提前了一个小时，告诉她晚回去的原因，让她先自己去看电影或做别的什么消磨时间。显子沉默了一会儿，只说了声"好吧"，就挂了电话。这使升不快，又后悔不该说提前一个小时回去的话了。

可以想象带着濑山来到萤酒吧的升，受到了多么夸张的娇媚之声的迎接。他豪爽地花钱，从老板娘到每名女招待都给了不少打赏。最后他让出租车把烂醉如泥的濑山送回家，自己按约定的时间回了饭店。

显子哪儿也没去，一直在等他回来。

她对升说她太寂寞了，天性敏感的升从这一句话里嗅出了些许夸张。因为显子以过分的娇嗔说的这句话，其实主要是因为自己一个人待在夜晚的饭店里太寂寞，其次才是等升太寂寞，然而为了诉说这种孩子气的寂寞，显子脸上缺少与诉说这种孩子气的寂寞相吻合的天真。

显子催着他去洗澡。升也正想要泡泡澡，洗洗身上的汗，走进浴室一看，浴池里已经放满了热水，他才明白显子为什么催他洗澡了。

既不会做料理也不会裁缝的显子，终于想出了一个自己会做的家务，所以在升回来之前放好了热水。可是饭店里的西式浴缸和家庭里用的浴缸不一样，只要一拧开水龙头，浅浅的浴缸很快就满了，哪有必要事先放好洗澡水呢？

显子的体贴方式就像小孩过家家，跟家庭幽默画差不多。

升脱光之后，把脚伸进了热水里，果不其然，对于喜欢洗热水澡的升来说，水不够热。

"如果我没按时回来的话，显子会怎么样呢？等热水凉了，再拧开水龙头放热水，会从浴室到门口来回跑个不停吧。不，不会的。显子早就知道我会按时回来的。"

这个猜想多少刺伤了青年的自尊心。但是他有着有教养的人的忍耐力，所以他将就着泡在热水里，漫无边际地想象起来。

升想象着既然去年显子的木然无感动具有独创性，那么她体内复苏的欢喜将会使她变成更加具有独创性的女人，变成升所没有见过的新种类的女人，变成无人可替代的悲剧性的女人吧。而且，知道了欢喜的女人，会变成最屈从于男人的典范，变成比升所知道的任何女人都更为平庸的女人，会在某处安定下来，并摆出一副仿佛一出生就生活在那里的架势来。

想到这儿，升忽然像公子哥儿那样任性起来。他拧开水龙头，往满是肥皂泡的热水里，哗哗放起热水来。

显子大概是听见了放热水的声音，突然推开门进了浴室。即便没听到声音，显子也喜欢在升泡在浴池里的时候频频进浴室来。

显子没有马上问他是不是水不够热，白色的浴室里热气弥漫，女人走到了朦胧的镜子前，用手指擦了擦镜子，脸贴近镜子噘起嘴唇，看了看口红抹得匀不匀，然后才说道：

“水不热？”

“嗯。”

青年从浓浓的热气下面回答。

“对不起。”

显子对着镜子说。升那年轻爽朗的声音在浴室里回响。

"不用道什么歉啊。"

他这时才发现显子哭了。

……在床上，显子反复地对他说着：

"我要打扮成你喜欢的样子，成为你喜欢的女人。你让我光着身子在银座大街上走，我也会去的。"

然后她还加了一句，要是你叫我一天换十次衣服，我也换。可是显子不懂得，女人到了说"要像你喜欢的那样"的时候，已经来不及了这个道理。

显子明显地陷入了不安。虽然自己喜欢升的理由再明显不过了，但现在却找不到升爱自己的确切依据。这份不安得不到答案，疑问成了空谷回音。她想要探索升内心的理想形态，热切地想了解他，可能的话，连他欣赏什么样的手提包都想知道。

今天一天两人都没怎么在一起，所以到了深夜该回家的时候，显子非常犹豫不决。她不明白自己为什么一定要回去。

在这阴雨天的凌晨两点，显子和升的脑子里，竟然出现了同样的影像。显子说道：

"像我的瀑布……"

就在同时，升也正好想起了那条瀑布。

悬挂在红叶阴影处的那条小瀑布，就像在梳妆一样，将飞沫溅到了旁边的岩石上。

瀑布结了冰。一半被雪覆盖，变成了纠缠在一起的尖尖的冰凌，凝固不动了。那冰凌纤细而复杂，晶莹透明。

那条冰瀑复苏了。小瀑布丰富的水量哗哗地直泻而下，撞击在冰雪融化的河面上……

"像我的瀑布"，显子说，"我一定要去看一看。你信上说瀑布附近有个小客店，我就住那儿吧。"

"可是我回现场后忙得很，没工夫陪你呀。"

"没关系的，反正经常能见面，而且离你住的地方又不远。我单独住在旅店里，别人不会说三道四的……对了，我要像你说的那样，做得稳妥一些。到你休假结束之前，每天晚上都回家，装作若无其事的样子，一点点把长时间旅行需用的东西拿到这个饭店来。等到了你回水库的时候，我给他留下一封信，悄悄离开家，跟你一块儿去，好吗？为了不让丈夫着急找我而报警，我就写明要去旅行一段时间，不必担心我的身体。只是不写到哪去，你看怎么样？"

"那他也会报警的吧？"

"我把信写得让他绝不会去报警。再说，我丈夫是个绝对不沾警察局边的人。他把面子看得比什么都重。以前亲戚里有个坏学生犯了诈骗罪，他到报社去说好话，硬是让报社取消了那个报道。"

两个星期的休假结束了。最后的一晚，升谎称公司里有聚餐，征得显子的同意，为自己空出这段时间。显子会在第二天出发之前到饭店来与升会合。

东京最后的一天幸好是个晴天，一点也不闷热，凉爽宜人。升前天一个人去滑冰时，一直跟在一个漂亮姑娘后面滑，还故意用身体触碰她，就这么认识了。女孩子对升的黑肤色有些奇怪，于是升借机编了个瞎话，说自己是从东南亚回来的船员。结果就这样有了今晚的约会。

升准备了抒情的礼物，给女孩子买了胸针。符合条件的胸针还真难买，既不要太贵也不能太便宜，必须是船员好容易上了陆地，想大手大脚一下的那种程度的价格；品位不要太好也不能太差，最好稍稍带点俗气，可能的话，能博得女孩子的一丝怜悯的笑容，虽然不是太稀罕的礼物，却凝结着男人的一片痴情的那种胸针……他总算找到了一个差不多的买了下来。

然后他去了趟公司，为明天去水库而跟大家辞行。科长高兴地告诉他，就在前天，补偿问题得到了最终解决。奥野川水库的用地补偿，以及其他主要所补偿对象包括：公路二十五公里的改线，淹没的农田约三十町步[1]，山林约八百三十町步，住家四十三户。有关这些补偿问题，公司已与当地有关方面交涉了两年以上。

1　日本计算田地、山林面积的单位名称。1 町步约合 14.8 亩。

那个姑娘焦急地等着他。一见到他就生气地说，是绅士就应该早点儿来。这一愚蠢的不满，一下子使升不快起来。他把脸扭向别处，硬邦邦地把胸针盒递了过去。

女孩子的脸上没有出现怜悯的笑容。她拿着胸针仔细端详着，看得入了神。这与升的判断有了出入。

"没想到，你这水手品位还真不错啊。"

她好像在夸耀自己的鉴赏力。

升虽然花钱如流水，却带她去了家中档餐厅。然而，女孩子还责怪他花钱太浪费。升解释说，船员都这样，花钱大手大脚惯了。可是，就像少女看马戏团的惊险表演时，吓得闭上眼睛一样，她天生就看不下去别人胡乱花钱。

吃着难吃的鸡肉炒饭，升列举了一些随便想到的停靠港口。香港、澳门、新加坡……还说新加坡的咖喱饭特别好吃。

吃完饭走出店门，升特别愉快地侃侃而谈起来，还说离开日本时间太长，连现在流行什么歌都不知道。

女孩子马上用很随便的口气说道：

"我教你。"

于是她钩着他的小指一边走，一边嘴里反复找着调门，小声地唱了起来。

两个人到初夏夜晚的海滨公园去散步。引入了海水的池塘里，倒映着月光。水闸那一边，停泊在月岛港的汽船上的红色桅灯一闪一闪的。他们朝海边走去，坐在堤坝的石头上，发出啪唧啪唧的脚步声，他们边走边聊。少女天真无邪，把什么都想得跟电影里演的那么浪漫，使升有些扫兴。他让她安静一会儿，什么也不要说。升揽住女孩子的后背，触到了她那短袖衬衫的汗湿的腋下，略微感到了一点幸福。可是，当听到她说：

"下次你到了新加坡，就给我写一封贴了新加坡邮票的信来吧。"

升又兴致全无了。

对升来说这是绝无仅有的，他没有碰少女的身体，假装约了下次的见面后，就匆匆分手回饭店了。东京最后的夜晚，多亏了这个插曲，他才得以独自香甜地睡着了。

显子对升没有选择慢车很意外。升是担心两人一起坐车时遇见越冬的同事，有意避开了快车。慢车车厢外表很脏，旅途漫长。几本无聊的杂志在他们的腿上来回交换着。

在 K 町，升也是找了一家公司的人不会住的不起眼的小旅馆，还放弃了坐路虎的打算，预约了一辆明早去水库的出租车。这种种安排，并不是出于升的虚荣心，而是祖父遗传的厌恶公私不分的想法所致，然而显子心里很不痛快。

不过，第二天早上，从 K 町出发的出租车一开上了满山遍野一片新绿的山路时，显子又活跃起来，从打开的车窗里望着下面渐渐远去的绿叶覆盖的山谷。

初次见到这满目葱绿，升也很感动。没有坚硬的树叶，只有仿佛浸满了水的翠绿色棉花，无限延伸着。向狭窄的山谷倾斜下去的山坡，微微起伏着，那一片片明黄色就像涌出的云影般连绵不断。见不到一棵开花的树，全都是清一色的新绿。升望见了群山之中的驹岳的肩头。

见到这伟岸的雄姿，青年连身旁的女人都忘记了。山上的青紫色岩石还没露出多少，山顶四周仍覆盖着白雪。但是，和白马身上纵横交错的神经质血管相似的山岩，被日光照得一清二楚。一片云朵正在那上面缓缓移动着。

这个超绝的存在给予升的亲切感实在难以描述。他真想以坦诚的态度去拍一拍那山峰的肩头。他内心的一切都融化了，他感觉自己从没有像现在这样赤裸着身体去接触如此纯粹的外部存在。

汽车在折枝岭小憩一会儿，显子问起这名字的由来，当地的司机就啰啰嗦嗦地讲起了没有可靠历史依据的传说。

据说以前尾濑三郎房利追求皇帝的女御[1]，被平清盛追赶到这里，山峰挡住了去路。山上没有路，灌木茂盛。当时，山神虚空藏菩萨化身为童子出现，折了许多树枝来为他铺路，所以就叫折枝岭。

1　日本皇室仅次于正宫的妃子。

升和显子专心地听着这个故事。杜鹃不停地鸣叫，北面的沼泽地还残留着积雪。他们眺望着已被远远抛在脚下的群山和峡谷。起风了，铺满山谷里的嫩叶陆续翻过身来，风所到之处，宛如白色的小动物奔跑而过一样，一目了然。

过了石抱桥来到喜多川边时，远远看到有人在公路上摇晃着示意停车的白旗，汽车紧靠山根停下来。有好多民工朝这边跑来，在低洼处躲起来。

"是爆破。"

升说道。显子靠近升问道：

"有危险吗？"

"照这样子，你在奥野庄每天都要听着爆破声过日子了。不出一天，你就会受不了，想回去了。"

过了一会儿，震天动地的爆破声连着响了三次。

升从车上下来，走到认识的组长跟前。

"哟，你回来啦。"

组长说道。他是个红脸膛的小个子，一副好像整天都是醉醺醺的神态，他那草绿色的绑腿几乎变成了土黄色。

"已经开工了吧？"升问。

"是贯穿工程，五天前开始的……已经可以过汽车了。一共安放了三处炸药，都爆炸了。"然后他朝汽车努了努嘴，问：

"你夫人？"

"就算是吧。"

汽车从公路上开过去时，升从车窗伸出头来，路旁认识升的民工都朝他鞠躬。靠近荒泽岳的喜多川沿岸的这段公路，这两个星期不见，拓宽了许多，路边的山崖被开凿，黑亮的岩石裸露出来。把喜多川的水引向奥野川的水渠已经开工了。

这个隧道贯穿荒泽岳和细越山，直通奥野川，把喜多川的水先全部引入奥野川。在奥野川的对岸，还挖了一条通向水库下游的长长的排水渠，喜多川和奥野川合流的水，将顺着它流向水库下游。也就是说，一共开凿了两条成"L"形的排水隧道。如此一来，水库一带便没有了水，奥野川和喜多川连接这两条水渠的入口处，建了一一座拱坝。

去建筑工地事务所之前，升先送显子去了奥野庄。

只有二层的八铺席房间还空着。两人登上了黑亮的、嘎吱嘎吱响的楼梯。一打开窗户，就听见了奥野川的流水声。

"这回是你住在这儿，我来回跑了，"升说，"大家都看着呢，在外面过夜不太好。所以吃了晚饭，我假装出来散步就可以来这儿了。熄灯前我必须回宿舍。要是赶上忙的时候，九点才开晚饭，可能就来不了了。"

显子没有回答，好像没有听见升的话似的，她站在窗前，默默地眺望着河水，过了一会儿开口道：

"像我的瀑布在哪儿？"

这时又响起了爆破声，震得奥野庄简陋的房子哗啦啦直响。

"离这儿很近，走五分钟左右。"升说。显子回过头来，在绿叶的映衬下，她的脸色越发苍白。

升不喜欢把悲剧带到自己的生活里来，所以对显子的这种脸色不大满意。他像个主治医生似的直截了当地说：

"白天你可以一个人出去散散步，空气又新鲜，对健康最有好处。"

两个人走出旅店，去看瀑布。

升去年最初和显子过夜时的温柔体贴消失了许多，显子没有说出这个变化。大概是害怕这会成为谶语，使他对自己越来越不温柔了。

而升也渐渐厌烦起显子总是揣摩自己的心思的表情来，他尽量不去看显子的脸。对他来说和显子面对面变成了一件痛苦的事。他觉得两个人面朝同一方向，看同一样东西，心灵交流或许更容易些。他一心只想着快点儿到瀑布，连裤腿刮在树墩上都没在意。

通向河边的小路被新长出来的芦苇遮住了。岸边那棵山毛榉的新叶透下来的太阳光，密密麻麻地洒在芦苇上，风吹拂着树梢，摇曳的叶影将斑驳的光环忽而连接，忽而聚集，忽而又一下子驱散开来。

小瀑布的水流从远处看也是白花花的，就像叶子的背面那么白。走近后，那声音更响了。

瀑布的水量没有以前那么充沛了。枫树的嫩叶日渐茂密，无数伸出的枝叶遮挡了小瀑布的英姿。飞溅的水花打湿了瀑布下面黄绿色的枫树。

"就是这条瀑布吗？"

显子问。

"是的。"

看得出，她在寻找自己和这个小瀑布的类似点。在升的眼里，显子和小瀑布面对面的情景很不协调，甚至是不该有的光景。在升的头脑中，眼前有瀑布的时候，不该有显子，显子在眼前的时候，应该没有瀑布才对。这两样东西互相面对的时候，他总觉得特别别扭，就好比看到不正确的答案时的那种直觉。升发现自己有点心神不定。

把显子送到住处后，升一个人坐上等候他的那辆出租车到宿舍去。路过学校，爬上平缓的斜坡时，宿舍、事务所、仓库等便出现在眼前。从车里，升就感受到了这里与往日迥异的生气。

三辆运载卡车和两辆路虎停在宿舍前面，穿着蓝色工作服的人们忙碌地进进出出，升恍然有种车子开进正出了事的人家去的新鲜感。

升坐的汽车停在了宿舍门前，一边戴脏手套，一边走出门来的田代，看见升便兴高采烈地抓住了升的手。他的眼睛兴奋得神采飞扬，脸颊又像以前那样红润了。

"你回来啦！行李回头再搬吧，我给你看样好东西，走，到后面去。"

被田代拽着，一来到面向奥野川的后院，升不由得为眼前的情景惊叹不已。

那里并排摆着两台巨大的粉碎机。崭新的机器金光闪闪，光彩夺目。打磨得锃亮的边框，映出了天空的蓝色。走到近前，一股诱人的机油味儿扑鼻而来。

这两台破碎机将用于制造混凝土的掺料，内部倒置的圆锥头，会随着底部安装的伞车轮带动的离心轴承旋转，做离心运动来粉碎石料。粉碎机旁放着一堆木头，是为需要四根柱子支撑的遮雨布准备的。

升抚摸着粉碎机，被机油的气味所包裹的铸铁是冰凉的，这铁器的冰凉里有着近似威严的东西。

"是一流产品吧。"

田代说道。升欣喜地久久望着它。

两台机械坚如磐石般地伫立在那里。这机械与越冬时埋藏在升心底的观念形态很吻合。任何充满肉欲的观念，或任何诗意的观念，一旦以某种形态出现，往往成为平庸的东西。而这个复杂的形态、铁的光泽、机油的气味之中，有着对升而言是最不会厌倦的、最亲切的，甚至可以说是永恒的东西。

"我曾经是一个只玩石头和铁的孩子。"

他微笑着想到。

不久，这台碎石机就会转动起来，把石头搅碎，嚼成碎末的。被粉碎的石头和混凝土搅拌在一起，混凝土将越来越厚，逐渐耸向天空，成为一百五十米的大坝……

这种异常的力量，异常的能量，异常的庞大……升充满了能够参加这一宏伟事业的欢喜。人的规模和尺度打动不了他的心。恐怕只有这样异常的尺度，在这样反论式的场所，才能发现自己内心作为人的热情，这就是升的宿命吧。且不论复杂而无感动的青年，仅仅从一名单纯而热心工作的土木工程师的角度来看，即便他很快忘掉爱情的羁绊，全身心投入到工作中去，谁又会觉得奇怪呢？

升和田代一起从安全楼梯去二层的办公室时，田代一边嗵嗵地上着楼梯，一边一个劲儿地说：

"前不久，这楼梯还埋在雪里呢。"

升听了这句话才意识到，雪刚开始融化时，自己那么激动地踩过的土地，今天，已毫无感觉地走过来了。

升看见了总工程师宽阔的后背，他正坐在转椅里，兴奋地抖动着腿，这是他一向的习惯。椅子沸腾般地震颤着，用不了多久准得散架。

"哎呀，你回来啦，"总工声音洪亮地迎接升，"你回来得正好。现在我正在看碎石工厂的设计图。从今天开始，要立刻让组里的人打地基了，你能不能去工地指导一下？"

升看见桌子上展开着几张设计图。在一张图纸的一角，用白色的小字写着所需机械的一览表。

(1) 水平筛料板　　　　　二张

宽 2.5 米 × 长 5 米

(2) 圆锥式粉碎机　　　　二台

能力——每小时 210 吨

(3) 倾斜筛料板　　　　　一张

(4) 传送带　　　　　　　一台

(5) 溜槽　　　　　　　　一座

(6) 第一储存罐　　　　　一座

(7) 漏斗截门　　　　　　一座

(8) 摆动式加料机　　　　一台

(9) 传送带　　　　　　　二台

这是低级混凝土混合设备的设计，高级混合设备要等到工程进展到一定阶段才配备。

"现在请你做的除了刚才说的碎石工厂的指导外，还有与此并行的混凝土实验室工程的指导。"总工又重复了一遍。

办公室所有的窗户都敞开着，初夏的和风吹拂着办公室，自动卷起的图纸翻出白色的背面，放设计图的架子令人想起摆放羊皮纸书籍的古代图书馆，擦得干干净净的白色木架上空荡荡的。

升愉快地望着大家正在忙碌的办公室。有的人站着，有的人急匆匆地来来去去。木墙上，贴着一大张基建工程进度报表，只有两条短粗的黑线竖在上面。

没参加越冬的工程师们都满脸堆笑地欢迎升。同事的这种谦虚的拘谨使升觉得很有趣。他满足地想："看样子，这帮家伙觉得让我抽了倒霉的签而可怜我呢。"

他看见了在办公室的一角专注地看图纸的佐藤。越冬时他对这青年的厌恶感已然消失了。不仅如此，夹在没有越冬的同事中的这位越冬者，那被雪灼黑的脸，使升不由产生了所谓同类人的亲和感。

他走近佐藤。佐藤那武士般不苟言笑的脸上，露出了腼腆的微笑。

"咱们去喝杯茶吧，我正要去喝呢。"

他领着升来到围着屏风的饮水处，拿起大铝壶，往印有公司徽记的茶碗里倒上茶，两手扇着滚烫的热茶，望着窗外被绿叶环绕的水库工地方向。

"喂，后来怎么样啦？回去的那个晚上。"

升像学生之间那样捶了佐藤的肩膀一下。佐藤沉默了一会儿，寒酸地噘起嘴吹着茶水，热气熏得他不停地眨眼睛，终于他开口说道：

"到底我也没有干，我怎么也干不了。但是，第二天，在几个坏哥们儿的怂恿下，去找女人了。"

佐藤完全是有意识地使用"找女人"这种大言不惭的措辞。升看穿了佐藤是头一次做这种事。

远处响起了隆隆的爆破声。这是刚才去过的取水口相反方向的放水口那边的开凿爆破。

"黄色炸药真带劲儿啊，"佐藤带着伤感的口吻说，"我最喜欢这声音了。"

一小时后，升登上了水库工地西面的小山丘上。树已被砍伐的山顶很平坦，这里将是碎石工厂的厂址。他跟组长借了个火，点着了烟。从这个毫无遮拦的高地上，可以一览水库对岸的光秃秃的岩石绝壁。绝壁上四处覆盖着绿叶，就像绿色的鲜花般水灵。将一百五十米高的大坝的形状勾画在岩石上的白线，历经了几个月的洗礼，竟丝毫没有褪色。

升透过脚下的枫树叶，看见了一列弯弯曲曲的白物，那是民工们每人扛着一袋混凝土正走上山来。

升每天晚上都到奥野庄去看显子。每天晚上在昏暗灯光下相处的这几个小时，就像在刻意模仿阴郁的家庭生活——妻子浓妆艳抹地迎接工作一天的丈夫归来。年轻的升很向往青年们充满活力的宿舍的夜晚。再加上这地方不大，有点什么事，几天就会传到同事的耳朵里，同事们佯装不知的样子刺伤了升的自尊心。

一天晚上，显子的脸色特别难看，升问她怎么了，她也不回答。只是说，如果说出来，你肯定会让我回东京去的，所以不回答。升保证不说这话之后，显子才说道：

"白天的爆破声一会儿都不停。就好像四面八方都在响似的。堵上耳朵都震得头疼。你说让我去散步，可是那声音吓得我不敢出门，只能一天到晚闷在这屋子里，饭也不想吃……我是不是有点浮肿了？"

也许是心理作用，显子脸上的阴翳消失了，心事全都浮现到皮肤表面来了，给她的脸着上了一层浓重的色彩。只剩两只眼睛挺有神，病态地熠熠生辉，随着感情的动摇而闪烁不定。她那不切实际的城市风格的精心化妆，化得再自然，也无自然美可言。若是连显子也觉得自己不美的话，这点儿仅存的美早已崩溃无遗了。

既然已做了保证，升没说让她回东京的话，但心里却不由自主地想象起白天显子一个人时的样子来。

爆破声不绝于耳。她默默地等着声音停止，这时又响了一声。隔了一小会儿，又接着响起来。显子以为这回差不多了，可是心情怎么也平静不下来。这回她又被孤独感占据了。显子把窗户全敞开，又全关上，再敞开，然后看看表，时间就像静止了……

升虽然很任性，可是看到显子这副样子，心里并没有责怪显子自作自受。他缺乏把冷酷控制在适当程度内的那种性格上的单纯。因此，他觉得自己为这一可悲的情景而难过不大合适。如果她能够理解他那并不难理解的心理动摇的话，不仅她自己能避免悲剧，他的内心也就不会受伤了。升觉得这完全是显子缺乏理解力所造成的，他终于忍不住问道：

"你觉得我很冷酷吗？"

显子咬着嘴唇，很果敢地回答：

"是的。"

"这是有原因的，因为我无论如何不能不怀疑。"

"怀疑什么？"

升不自觉地提高了声调。

"那就是，是否在我之前有别的男人治好了你。"

显子一瞬间露出了难以置信的表情。男人的嫉妒她见得多了，她的直觉告诉她，现在的升绝不是一个在嫉妒的男人。

第二天在宿舍里吃晚饭的时候，有人敲门，是个男人的声音。炊事员白头鹤去开门，这种时候，一般很少来客人的，大家都停下筷子，侧耳听着。回到食堂来的白头鹤说：

"城所君，找你的。"

从白头鹤手里拿过名片一看，升的脸色变了。因为名片上印着菊池证券董事菊池佑太郎。

他让白头鹤先把客人领到二楼的会客室去。然后，升继续难以下咽似的吃完了碗里的饭。大家都不再说话，偷偷窥视他的表情。屋子里的沉闷，显得窗外的雨声特别大。

连最亲近的朋友也没见到过升在人前表现出内心的动摇。一向沉着稳重的"城所九造之孙"，变成了心神不定地闷着头往嘴里扒拉饭的青年人。升穿着深蓝色的运动衫，外套浅色的毛卡其工作服。这宽宽的肩膀，此刻是那么寒酸。他低着头，刚洗过的头发上抹的发油亮光光的。田代不知这个观察是否准确，他还是头一次见到升屈辱的表情。

升一心在琢磨一件事，可是越急越弄不明白。

"显子的丈夫怎么会找到这儿来呢？会不会是显子倒打一耙，为了报复我，故意让丈夫……"

因为到目前为止，升从未由于自己的行为遇到过什么麻烦。这个依赖于社会，过于信赖这吞噬一切的混沌青年，从不承认自己偶然行为中的必然性，甚至发展到绝不承认自身的必然性。他不考虑将来。虽说他现在吃喝不愁，但是即便他借了钱，明天就被逼着还钱，恐怕他也会对人家说，昨天的升和今天的升不是同一个人，没有义务还钱的。

升意识到了大家的视线，故意昂然地抬起了头，却没有勇气看那些围在餐桌周围的同事们。漆得发亮的餐桌上的花瓶里插着大朵的野百合。他茫然地看着墙上和柱子上贴的宣传词句。

"服装清洁"

"饭前洗手"

"通风换气"

"清扫灰尘"

"医务所提醒，请不要喝生水。"

升独自走出了食堂，从黑暗的大门前走过时，看见客人的雨伞立在墙边，一旁摆放着一双科尔多瓦[1]皮鞋，套着沾满泥点的防水鞋套，绸子雨伞的粗竹节伞柄顶端镶着个金头把柄。

打开二层会客室的拉门时，升见到的是一位与他的想象完全不同的男士。大约三十七八岁，长得很富态，头发梳理得整整齐齐，戴着眼镜。个子高大，脸庞宽厚，鼻子和嘴都是典型的仪表堂堂之相，给人以敦厚的印象。西服很素雅，一望便知是上等料子，人派头十足，属于那种只要往旅店门口一站，就会被领到头等房间去的人，这男子可以说是个典

---

1 西班牙科尔多瓦皮革制作的高级皮鞋。

型的出类拔萃的丈夫。

他见升进来，马上坐正姿势，客气地在榻榻米上轻施一礼。

"我是菊池，初次见面。"

"我是城所，初次见面。"

"久仰令祖父的大名。"

会客室里的灯光耀眼。虽然用的是节子多的木料，但和其他房间不同，为了撑门面，多了一个壁龛，摆放了一张紫檀桌子。壁龛里什么也没摆，墙上什么也没挂，正中央吊着一个一百瓦的电灯泡。

升为了掩饰尴尬，抽起了烟，回想起少年时代，那时，若是大人责备自己这些怄气的举止时，自己反而会产生勇气。

"我是为显子的事来的……"

模范丈夫开门见山地说。

升猛然睁开了眼睛，这眼神无比清澈而有活力，尽管升自己意识不到，这眼神却总是在关键时刻前来搭救他。

"长话短说吧，我也是不得已，对妻子一直很放任。想必您也知道，妻子的生活底线是不在外过夜，除此之外，我对她没有任何约束。像她这种，怎么说好呢，不知道快感的女人，不管她做什么都得不到乐趣，这一点我这个做丈夫的已经看透了，所以一直对她非常放心……您能理解我说的吗?"

升点点头,借此时机,他开始思考,该把这个说话彬彬有礼的男人归入哪一种类型。比如那种进了浴室绝不唱歌,而本质上是极端不正经的男人……

"您知道,"菊池像在开讲座似的有条有理地谈了起来,"……就在这时,您出现了。说实话,对我来说犹如晴天霹雳,是晴天霹雳啊,城所先生……显子变了。对于我,她依然是个没有感觉的妻子,但是她在我所不知道的地方,成了一个真正的女人。我曾经认为她这辈子都不会改变了,所以这件事对我的震撼太大了。我再也不能像以前那样默许下去了。我的这种心情,您能理解吧……"

现在,升觉得自己仿佛置身于某个公司的会议室里,因此对菊池的发言早有心理准备,尽管这样,对下面的非凡发言,还是着实吃了一惊。菊池是这样说的:

"我今天来不为别的事,带不带显子回去是次要的,有句话我想一定要见见您,当面问问清楚。显子变了,这完全是奇迹,是我无法理解的奇迹。见其他男人都不能改变显子,我暗自冷笑。说明问题不在我,别的男人也照样不行,问题全在显子身上。所以,到目前为止显子的婚外情多得数也数不清,我却一次也没有产生过戴绿帽子的感觉。"

"没想到突然产生了奇迹。是您创造的奇迹……我只想问问您,"他说话的声音变得悠扬了些,降低了声调,用一本正经的眼神盯着升问道，"可以向您请教一下有什么诀窍吗？"

以年轻的升对人的阅历，听了这话，顿时被吓到了。他甚至连想象菊池属于哪种男人都不能够了。

升向来以为自己是个不知羞耻的人，但是听了这句话，他竟然因难以形容的羞耻而涨红了脸。他为自己而羞耻，或者说是看到菊池和显子和升同住的这个异样的小世界袒露在眼前时，这个世界的丑陋的火焰烧红了他的脸。

他还自以为自己虽然缺乏感情，却是个不堪屈辱的人。然而世上竟有像菊池这样的，比升还要无情无义，还要厚颜无耻的男人。

青年缄默着。

但是他的脸红算是代替了回答，于是，菊池露出了温和的大人的微笑，像对待一个小孩似的看着升。升也不想进行辩解。

"好了，先不谈这个了，"菊池说，"我这个人干什么都喜欢像办公似的，请多包涵，但我还有几个问题要问。首先我想问一下，您打算和显子结婚吗？"

升被对方的气势压倒，本能地产生了恐惧感。这个泄了气的青年连脑子都没过就摇了摇头。

"我应该能说出的，勇敢地、英雄般地说出'我承担责

任' 这句话的。"升想

以一般世俗的看法，即使认为升在这一瞬间怯懦了，其实，对升来说是闯过了一次危机，即背叛和击败青年一贯的理论信仰，陷入自相矛盾，为了一般的世俗虚荣心而屈服于人生的危机。

菊池依旧面无表情，既无老好人式的平和，也无店里的商品被人低估时的恼怒。升的回答，恐怕是菊池意料之中的。

"是啊，您这么想也是很自然的。显子不是适合当老婆的女人。这个世界上，能和那个女人一起生活的男人，恐怕也只有我了。"

他得意扬扬地说，却是一种可悲的自我炫耀。不仅如此，升一眼看出，菊池的意思和自己的体验完全是南辕北辙。菊池所谓的无法忍受和升的无法忍受，完全属于两个范畴。

菊池突然仰面大笑起来，眼镜片在灯光下直反光，他自己似乎也注意到了。

"第二个问题是，"菊池好容易忍住笑说道，"你今后还打算继续和显子交往下去吗？想继续也没关系，只是不要采取这样缺乏常识的做法，我会为你们提供方便的……"

升现在不再沮丧了，他想要的是自由。他说道：

"不……我不打算……"

菊池从心底笑了出来，真是愉快之极。升觉得他也太不严肃了。

"您很坦率，我非常高兴，这么说可能不太合适。这年头，很少遇见坦率的青年了。"接着，菊池又说了句讥讽的话，"怪不得显子会喜欢上您。"

当菊池恭敬地问道"您的回答是否可以如实告诉显子"时，升鼓起心底似乎冷却的勇气，回答说可以转告她。

"既然您不打算再和显子交往下去了，那么在显子回东京前，你们还是不要见面为好。请交给我来处理吧。我工作也很忙，不能在这里久留，所以这一两天里，我就尽量把显子带回去。"

眼前的菊池与最初的印象完全两样，就像个忠实的管理人给自己以事务性的忠告，像个万事皆可信赖的管家。菊池从西服内衣口袋里掏出笔记本，用削得尖尖的铅笔在密密麻麻的日程安排上写了几笔。这件家庭小事，就算上了他预定的轨道了。

菊池站起来准备离开，一边看了看窗外的雨。

"水库这地方，真是够冷清的啊。夜晚连路灯都没几个，路又泥泞难行……"

然后他好像忽然想起来似的说道："城所先生，我年轻的时候，可以为了自己而蹂躏女人。过了三十岁以后，就不只为自己着想，也开始为女人着想了。真正的残酷就是从这里开始的。"

"青年人，是绝不可能变得残酷的。"

第二天是晴天，是个炎热的夏日。

升上午去工地指导，中午回宿舍吃午饭，田代告诉他，听说今天濑山要来。明天有位知事来参观，所以濑山来打前站，要在这住一晚，迎候知事。在食堂吃饭的人们纷纷议论起了濑山，发生了那么大的丑闻之后，又平安无事地回到 K 町事务所的濑山，到底是不是被冤枉了，众说纷纭。

吃完了饭，升回到二层自己的房间，悠闲地抽起了烟。天空蓝得晃眼，福岛县的山间涌动着白云，鹰一样的鸟在盘旋。

他从今天一早就感到一种莫名的愉快。这样一个人待着的透明的愉快难以言传。我难道真的被解除了义务了吗？升难以置信地自言自语着。他没有想到自己的心里居然没有留下一点儿阴影。

他从记忆里去寻找理由，努力回想越冬中渐渐清晰起来的显子的幻影。可是，就好比能清晰地想起某个小镇的景象，却一个具体的事物也想不起来一样，显子的确实的形状和自己当时的感动都一点儿也记不清了。

升有着独特的伦理观，无论是和显子还是和其他有夫之妇私通，他没有一次是被"通奸的嗜好"所驱使而行动的。他的现实的关心几乎不掺杂对于其对象所具有的各种现实属性的兴趣，如果将和升交往过的女人列出一个表的话，从她们的阶层和所处环境的杂乱无序就可知道，升并不是从兴趣出发采取行动的。像显子那样特殊的情况，不过是由于升偶尔打破了只睡一夜的戒规，陷入了不得不和她所附带的种种现实属性发生关联的境地的。

严格地说，他和这种现实属性正面接触还是第一次。他不具有将被称作结婚或通奸的爱的行为敷衍成一种社会性行为的接合意识。将层次不同的东西巧妙地无缝衔接的技术，是这个孤儿最不成熟的一个方面了。

"可是，为什么我见到显子丈夫的名片，脸色就变了呢?为什么就像被叫到老师办公室去的学生那样，心里充满了恐惧呢?"升想。

可是现在他宁肯相信自己绝不是真的变了脸色，绝不是真的害怕。他害怕的只是陷入麻烦之中，菊池干脆利落的事务性的处理方式，正好与升这一心理相吻合。升只不过是在事务性方面输给了菊池而已。至少升从那个丑恶的小世界中摆脱出来了，以非常简便的事务性程序!

无论怎样，升超脱了。穿越了一个对象，到达了它的另一边，这是真真切切的。他觉得那个地方非常熟悉，好像曾经来过多次似的，草地柔软而清爽，十分宁静，而且只有他自己一个人。他想："水库完工之后，周围的风景将彻底改观。三年后水库完成时，我可能会回想现在这些景物的。也许我期望明天将要消失的这些场所，会成为环绕自然的森林和湖泊，成为永恒的东西。"对升来说，情欲过后，总会有"自然"在等着他。

……烟抽完了。他靠近窗边寻找刚才那些鸟的影子。奥野庄方向的枫树林连成一片，那条路上摇曳着斑驳的树影，看不见一个行人。

这时，他听见了熟悉的路虎的声音，声音是从右边的 K 町方向的公路上传来的。对岸的群山回响着汽车的响声，从很远都能听到。

升忽然很想见到濑山，他现在单纯的愉快一定和濑山的性格十分契合吧。

路虎从草地正中穿过，开到了宿舍前。果然，上衣搭在一只胳膊上，卷着白衬衫袖子的濑山下了车。

升本想喊他一声，又觉得不必如此就没出声。濑山仍旧没往二楼上看，表情很特别，他站在宿舍门前踌躇着。

低着头的濑山，阴沉而迟缓地仰起了头，偷偷地朝升的窗户那边瞧。当他看见站在窗口的升时，突然讪笑着说道：

"哎呀，你好吗？我这就上去。"

升发觉自己忘了回应濑山的笑容。面对刚才还期望见到的濑山的问好，刹那间，升的心突然凝固了。

在此，有必要交代一下，在濑山磨磨蹭蹭地上二楼去升房间的五六分钟工夫里，升心里都盘算了些什么。

濑山那异样的踌躇，那左思右想的阴郁而迟钝的动作，那抬头看升的窗户时窥探的眼神……

升突然间明白了一切。把显子的去向告诉菊池的不是别人，正是濑山。

濑山怎么会认识菊池呢？越冬时他向濑山诉说时，濑山默念那信封上的住址，并努力记在心里的情景立刻浮现在升的眼前。他为什么这么做？想必他以为这是对升最有效的报复手段吧。

升根据已知的有关濑山的各种信息来判断，认定自己下面的直觉不会有错了。

"这家伙一直想要找机会报那一箭之仇。而且他还不知道我曾为了他去找过常务董事的事，所以对于他来说，这笔账还没算。他是个即便贪污了，也会把账做得天衣无缝的人哪。"

升对于自己小看了濑山而后悔，同时，也为这种背信弃义而愤怒，但更多的是无法形容的滑稽。这个可怜的男人，好几个月来，每天都想着挨打的事，等待复仇的机会，其间用低俗的友情假面欺骗升。他终于找到了报仇的机会，却依然没有达到目的。因为菊池的来访，不仅没有毁灭升，反而救了升。

……升像平时那样，悠然地躺在榻榻米上，又点了根烟。他想出了一个令人愉快的小把戏。

"既然事已至此，"今天万事皆顺的青年想道，"最好装作一切都按照濑山的算计发展的，装成一个被女人的丈夫拆散关系，为此而痛不欲生的可怜的青年吧。我内心的愉快，绝不能被他看出来。"

楼梯上响起了濑山的脚步声。按照宿舍里的规矩，他敲了敲拉门。拉门上的纸扑扑地响着。

升声音无力地说：

"进来吧。"

濑山一进来，看到仍然躺着的升，说了句"你好"。升装作勉强笑出来的样子，应道"你好"。

"你怎么了，无精打采的？"

升懒懒地抬起身，两眼"迷蒙"地望着濑山，于是濑山更急切地问道：

"到底发生了什么事？"

升沉默了好半天，又躺下了，脸朝着墙说：

"显子的先生来了。"

"什么？到这儿来了？他怎么知道的呢？显子女士在哪儿呀？"

"显子跟我到奥野庄来了。"

"是吗？所以她丈夫追到这儿来了，这可不得了。那么你见到她丈夫了吗?"

"见到了，他找到宿舍来了。"

"结果呢?"

见濑山发自内心的担心状，升差点儿没笑出来，他尽量不去看濑山的脸，假装心情沉重地说：

"显子明天就会被带回东京去吧。"

半天谁也没说话。濑山心里的忐忑不安，升一目了然。过了一会儿，濑山来回重复着"真不好办哪"，"这可不得了"，"你的心情我很理解"，等等，一边叹着气，一边大大地表示了一番同情之意，升只是沉默不语。

随后，升意识到濑山在直勾勾地、怜悯地看着自己。濑山已经不再说话。他坐在背光处，四方的胖脸黑乎乎的。

升后来才知道，这时的濑山心里，那与生俱来的、长期潜藏着的奴才天性开始复苏了。

突然，濑山说道：

"哎呀，我忘了给 K 町打电话了，回头再聊吧。你下午也要到碎石厂工地去吧，说不定我会到那儿去找你。"

说着匆匆站了起来。

升对于濑山这类不可掉以轻心的人产生了浓厚的兴趣。

电话就在宿舍的一楼，升从窗户里扫了一眼，见濑山朝事务所的安全楼梯走去，不由得想跟踪他，看看他打算做什么。

升赶紧从事务所楼里上去，来到饮水处。一般不想被人听到的电话，都到这地方来打。

升从屏风后面悄悄往里一看，濑山近在眼前，刚拿起了听筒。公司也常有人住在奥野庄，所以特地在旅店和事务所之间拉了一条电话线。

濑山怕被人听见，压低声音说：

"喂，喂。奥野庄吗？是阿清吧，我是濑山，K町事务所的濑山。有点儿事请你帮个忙……你们店里住着一位从东京来的漂亮太太吧？请你叫那位太太来接电话，别让她丈夫知道。你不要说是接电话，找个借口叫她出来，我一直拿着电话等着……你想哪儿去了，当然没有那个意思啦。有急事找她，是非常要紧的事……什么？她丈夫刚刚去露天浴池了？就她一个人在？噢，和旅店老板在一起……是吗？那可太好了？就是说只有太太自己在屋里，那就赶快帮我叫她一下啊。"

濑山看了看周围，怪声怪调地哼起了歌，还用拳头轻轻地敲着桌子。

"……啊，是菊池先生的太太吗？你好，我是XX电力公司的濑山，请多关照。"

"原来濑山还没见过显子。这么说他是在显子到我住的饭店里来的时候，去拜访的菊池。等到显子出走以后，又把她的去向告诉菊池的。"升猜想着。

……濑山的电话还没打完，升听了非常吃惊。

"……我是城所升的朋友，作为城所升的代理想和你见一面……什么？现在，马上？见面地点不在旅店比较好。不会耽搁您多少时间，只要五六分钟就行，什么？旅店前的小树林？就是河边的枫树林吧？好，我知道了，那个地方很隐蔽。我马上就去，我骑自行车去。"

升知道河边有一条难走的近道。他一会儿陷进泥沼里，一会儿被荆棘划破膝盖，仍不停地向前奔跑，此时他无暇思考自己的这般热情从何而来。拨开芦苇时，惊起了一群苇莺。奥野川的激流声盖过了升在灌木丛中跋涉时的响声。

青年躲在河边的老山毛榉树后，从这里透过枫树林的树梢，能隐约看见奥野庄的屋顶。他不敢大声喘气，憋得难受。芦苇已经长得老高了，他还是直担心自己的白衬衫。

枫树林里，阳光星星点点地洒在草地上。有个发亮的东西，那是濑山的自行车车把。濑山背朝着升，坐在草地上擦着汗，显子还没有来。

升等待着。不一会儿，从树林深处，野草繁茂的地方，出现了一身白色旅行装束的显子，她光脚穿着一双白凉鞋。她的面部表情僵硬，在草地的映衬下，显得很美丽。

濑山站了起来，显子竟忘记了与人寒暄时那习惯的不经意的微笑。

显子没有坐下，声音尖锐地说出了一连串使她痛苦的词语。

"城所君说了什么了？我丈夫说城所君一点儿也不爱我了。还说这是他照城所君的原话转达的，可是我不相信。"

显子的这句"我不相信"掷地有声，升为之震颤。树叶透出的阳光，从她的脸上到微微敞开的胸口，不停地跃动着。显子的胸口这几天被夏日晒得微黑，衬得白色木制项链白得刺眼。升竭力回忆着未被晒黑前的显子胸口的模样，却怎么也想不起来。

坐着的濑山弓着浑厚的脊背，低着头，从这厚实的脊背上，升看到了濑山的善意。很明显，他被升的做戏给骗了，受到了良心的责备，想要尽力补救一下。

濑山终于沉重地开了口。他往往一紧张，或是说实话时，就带有轻微的广岛腔。

"我想要跟你见面就是为了这件事。我是他的朋友，很了解城所君的心情。越冬时我们一直在一起……他真的很爱你。"

升没想到事情会变成这样，看来自己的戏演过头了。本想复仇却救了升的濑山，这回可能又会帮倒忙，使升陷入困境。显子立刻追问道：

"城所君说了什么？跟你说了什么？"

濑山非常稳重、洋洋自得地说道：

"越冬的时候，他给我讲了许多有关你的事。不好意思，我曾问他喜欢你哪一点时，城所君说过这么一句话：'她不会感动，所以我喜欢她。'"

升亲眼看见了人在感到绝望霎时间的表情。这样可怕的瞬间，人一生也难得遇见几回。

显子的脸色铁青，和周围枫树的绿色相差无几。她那双眼睛就像是面对着一个巨大、坚固的墙壁，视野突然被阻断，视线漫无目标地搜索着前方一样。

如果升从山毛榉树后面跑出来的话，显子或许可以从绝望中被拯救出来。这个念头在升的心里一闪，可是他的脚却挪不动一步。

因为他想起了昨晚菊池临走时说的话。菊池断言青年绝不会变得残酷的，升觉得自己以前对女人缺乏想象力，只是在天真地假装残酷。而眼前的事态，正是这个青年为了达到菊池所说的那种无比残酷，对自己的铁石心肠的一次磨砺。

因为，升心里比谁都清楚，一无所知的濑山的这句话会使显子陷入怎样的痛苦之中。他有资格变得残酷，这个瞬间他跑出来的话，他就是个在人生中失败的男人。然而只要忍过这个恐怖的瞬间，升就能继续拥有当初他作为与铁石相似的物质而爱过的那样的女人。升万没想到，由于自己的想象力而知悉的苦恼，竟如此使自己的心被撕裂，然而，他的关心已经超越了爱的问题，也许他是想承担起显子自身不堪忍受的这份痛苦，忍受这份折磨，以此把他原有的冷酷心肠磨炼成真正的石头。

……升又看了看显子。

濑山吃惊地站起身来，显子双手捂着脸跑了。

当天夜里，从奥野庄有电话找濑山。濑山使劲敲着升的门，把他叫醒。

"奥野庄的菊池来电话说，夫人失踪了。"

电话是打给濑山的，可见濑山认识菊池是明摆着的了。升急忙穿起衣服，和濑山二人骑上自行车，直奔奥野庄。

深夜的奥野庄灯火通明，旅店里人声喧嚷，有人提着灯笼把二人迎了进去。

菊池穿着和服外套，盘腿坐在床铺上。升一进去，他就默默地将一封信递给了升，信封上写着"升收"。

"你是一座水库，既可以拦阻感情之水，也可以让它泛滥。活着太可怕了。永别了。显子。"

"这是遗书啊。"濑山提醒道。

菊池淡然地说起了事情的经过：半夜时，偶然睁开眼睛一看，旁边显子的床铺是空的，只留下了一封遗书。

升和终于穿好了衣服的菊池、濑山一起，跟在旅店的男佣的灯笼后面，出去寻找显子。白天去过的枫树林一带没找到。他们又跟着升来到了只有升才知道的小瀑布前的山毛榉树一带。濑山的手电筒照见了脱在山毛榉树下的白色凉鞋。

河面上很黑，只能隐约看见翻卷的激流和对岸的小瀑布。大家暂时先回到旅店，在濑山建议下，跟工程事务所取得联系，组成志愿者搜索队。

下起了小雨。天快亮时，在水库工地下游的岩石旁找到了显子的尸体。一看见抬回来的显子的尸体，濑山头一个大哭起来，升也跟着倒吸了一口凉气。升后来一想，濑山把这个悲剧的引发者算在他自己头上，才这样哭泣的。

等尸体抬上岸来，菊池只瞧了一眼，便马上打起了电话，一连几个小时都没离开电话。他一个人一滴眼泪也没掉，由此升看出了他对妻子的憎恨之深。菊池先给公司的老秘书打了个长途电话。

"我妻子去世了。是不小心坠入河里的。听见了吗，是失足坠入河里的，绝不是自杀的，其他等我回去后再说，对外就说是心肌梗死。你跟各个报社事先关照一声，我一回去，立刻去各报社拜访。"

总工给警察和法医打了电话，他们上午十点左右坐着路虎来验尸。这时，小雨已经停了，阳光露了一下头，又阴了下来。

濑山被警察询问时，回答得相当谨慎，当只剩下他和升两人在房间里时，他抱住升哭着说，杀死女人的罪魁祸首就是自己。

升不知不觉地流下了眼泪。他想起有一次去濑山家时，曾经猜想过祖父的一生，想象着经常嘲笑祖父的人。他预感到显子的死，将和那份遗书一起嘲笑他的一生。

夏天尸体容易腐烂，应尽快运到K町去。午饭后，菊池叫了辆车，装上尸体，菊池坐在助手席上。前面的两辆路虎里坐着警察、赖山和升。汽车沿喜多川行驶，刚一过石抱桥，便遇到了意想不到的阻碍。

村庄里的人们，每人手里拿着铁锹，挡住了汽车的去路。警察下车进行调解，但村民们毫无退让的意思。他们说，如果尸体从山里运出去，将会触怒山神，所以一定要按照山里自古以来的规矩，在山里焚烧，将骨灰埋到投骨泽里去。

警察没能解决的难题，菊池却轻而易举地解决了。他一边解释说妻子受了重伤，还没死，一边拿出钱给村公所捐款。三辆车就这样从还在嘟嘟哝哝的村民中开过，朝折枝岭驶去。

从折枝岭往山下去的第一个转弯处，一行遇见了两辆插着小旗的县政府的车。

濑山吃惊地瞧着那两辆车为了给他们让路，在危险的弯道上倒着车。

　　长着白胡须的县知事从车窗里探出头来，诧异地望着那辆似乎是无人乘坐的汽车，其实里面放着显子的尸体。

第八章

奥野川水库于开工五年后建成，比预定时间晚了两年。完工时间是在二月份，这一年升三十三岁了。

公司仍在继续规划着水库的建设。新水库正在筹备之中，升被拟定为该工程的总工程师。因此，升打算按原计划去美国考察之后，参加下一个新水库的建设。

现在是夏天。他九月出发去美国，来年春天一回国就要立刻投入到新水库的准备工作中去。这次要建的水库，预计需要四年左右，但可能得拖一两年，到了水库竣工时，升也将近四十岁了。他心想，到死之前，自己能建成几座水库呢？

奥野川水库的成功，提高了升作为技术人员的名声。然而，他没有萌生一点儿政治野心，这一点使公司领导们深感欣慰。他们为城所九造给公司留下了一个诚实、能干而无害的孙子，而不是一个和他相似的怪物而高兴。

像升那样还没有被任何有毒观念腐蚀的人太稀少了。他"血统好"，而且他的财产在信托银行的金库里不停地增值。他开朗而沉稳，人见人爱，受人信赖，如果做个测试的话，他的社会适应性一定是满分。

城所升成了一位名符其实的对社会有用的人物。无论在哪个领域里，都有真正的权威者，例如金鱼研究方面的世界性权威、研究楔形文字必须要请示的人等等，就连普通的科学技术世界里，也有这样的人物，以神秘的能力凌驾于他人之上，真是不可思议。

这一类人前进的动力，具有通过最初的、最低的界限与社会相连接的决心，其结果却不由自主地以最高的界限与社会连接起来了。升的极端的开朗包容之中，有着与拒绝的表现相类似的东西。

修建水库的这五年间，大家都跟升开玩笑说，水库对你来说比吃饭还重要。他和水库之间似乎有着血脉相连的关系，从没见到过像他这样与水库连为一体的人。

建成后的水库是一座以岩壁为左右屏障的、一百五十米高的大堤坝，它对未参加工程的人产生威慑力的同时，也会给人以解放感。有时，为了使精神得到解放，需要一种巨人般的东西、威严的东西，几乎要将精神摧毁的东西。

升给萤酒吧写了封信。

老板娘加奈子早就说想等水库建成后来参观参观，所以升告诉她，秋天他要出国，趁他在水库的这段时间可以来参观。加奈子在回信上写到，下个星期六晚上，酒吧歇业，计划星期六出发，星期日早上开始参观，大概去五六个人，住宿的安排和用车请他费心。

星期六的傍晚，来车站迎接她们的升，见到花枝招展的一行人从二等车上叽叽喳喳地下来时，不禁大为惊讶。简直是一群游山玩水的人，将来水库成了观光地以后另当别论，到目前为止这里还没有接待过这样的客人。

既打高尔夫，又滑雪，却与西服格格不入的加奈子，今天她穿了一身天蓝色的亚麻布短袖套裙。她个子很矮，胖墩墩的，长得像个宫廷偶人，加上她那日本式的寒暄和手势，所以穿西服显得比穿和服更像个艺伎出身的女人。

她一见到升就问：

"我穿西服不怎么好看吧？"

没等升表态，她就一套套地寒暄起天气和感谢升特意来车站迎接等等来。

升因公事回东京时，必定去萤酒吧看看，所以和加奈子以及三十出头的由良子算不上好久不见，客套就免去了。这位由良子已在萤酒吧工作了八个年头，比建水库的时间还要长。这些女人不厌其烦地每天晚上喝得烂醉，把男人的腰包掏空。由良子的乳房一如既往地那么丰满，当她从火车上下来时，站在月台上的升只瞧见她那包裹在低领口里的硕大的乳房在眼前晃动。

"瞧你，往哪儿看哪。我人没下来之前，奶子就先下来了，"由良子大大咧咧地说，"不过，这地方真凉快呀。你没瞧见从东京出发的时候，我出的汗那叫多哟。"

由良子总爱把肉体性的词汇挂在嘴边，倒没什么别的邪念。

跟在由良子后面下车的是提着寒酸的手提箱的女人，升一时没认出来。

从她那大而圆润的眼睛和一看见升就"哇"地叫一声，然后便不作声的面部表情变化，才认出是房江。升来奥野川时她就辞了职，所以和房江有六年没见面了。

房江消瘦了许多，大夏天还穿着捂得严严实实的旧式衣服，这么早就开始衰老的女人太少见了。比由良子还小三四岁的房江，和新潮的由良子站在一起，倒像个大姐姐。

她把随后下车来的，和她一样干瘦、穷酸的男人介绍给升：

"这是我那位，他非要跟我一起来。"

男人递过来名片，是在一家银行工作。

男人三十上下，其貌不扬，穿着普通的开襟衬衫。升觉得银行窗口的办事员胳膊上戴的套袖，和他这副尊容十分相配。升不明白，这样的男人怎么会和酒吧里的女人结婚呢。

升递上了自己的名片，男人看了之后，讨好地说：

"据说我所在的银行的前经理，年轻的时候受到过令祖父的许多关照……"

升本想说句客气话，想了想还是没说。

曾经是萤酒吧最有前途的景子，穿一身黑色蕾丝衣裳，戴着用好多红色羽毛贴出来的帽子，最后一个走下台阶。她演唱过少女歌剧，没唱出名堂，才到萤酒吧来的。如今，景子找了个好靠山，在银座开了间雅致的服装店。今年她准备到巴黎镀金去。

升故意拿着架式，牵着景子的手扶她下了车。女人们兴奋地大声说笑着。

"从前你可是个空想家……"

升对景子说。

"现在不像了吧，可是皱纹多了不少。"

"没想到编织时总是出错的你，现在竟然当了服装设计师。"

"现在也常常弄错尺寸。每次我都对客人解释说，是考虑到客人的体形特意修改的。对服装店和美容院的客人就得这样没理辩三分。"

当晚，在 K 町旅馆里的宴席特别热闹。

一喝醉，房江和丈夫就开始探讨文学，她对丈夫业余写的小说振振有词地大加褒贬，这可怜的银行职员竟被说哭了。他为招待客户来萤酒吧两三次之后，便和房江好起来，两人时常谈论一些抒情的或深刻的话题，最后就成了夫妻。双方都互相欣赏对方所在圈子里的稀有价值、敏锐的感受力、文学的才能以及好静的性格等，互相从对方身上看到了作为牺牲者的自己。这对夫妇感情非常融洽，丈夫哭泣是由于他天生爱哭。除了房江一再流产，至今没有孩子以外，可以说过着非常幸福节俭的生活。丈夫非常崇拜某个小说家，使劲说服升同意他的看法。但在升眼里，这个男人想当作家，就像是对艺术做着集邮家似的美梦。

景子喝多了就乱性。她抓住升，非要他从美国回日本时，绕道去巴黎，她说自己那时正在巴黎，要给升当导游。升为难地说，巴黎没有水库啊。

"是吗？那就马上建一个呗，在埃菲尔铁塔下面，修一个别致精巧的水库不就行了。"景子说道。

"夜里真够冷的。"加奈子说。由良子不停地哼着歌，她只知道谈论自己的身体，所以再怎么发挥，五分钟也足够了。

第二天早上出发前，升站在旅店前，沐浴着夏天明亮的旭日。最后出来的加奈子一看见他就"啊"地惊呼了一声。

"我这是怎么了，刚才那一瞬间，我好像看到了你的祖父似的。原来公司的院子里有座你祖父的铜像，战争中捐献金属时捐出去了。你和那铜像真是一模一样，不愧是祖孙哪。"

升也有同感。祖父是自我放弃的超脱之人，升也已经学会了自我放弃。祖父绝不会陷入孤独，升也已失去了感觉自己孤独的习惯。

一行人分乘两辆汽车，开上了蝉声鸣噪的山路，朝水库驶去。五年来这条公路大大修缮了，路面拓宽，弯道减少了许多，险阻之处穿凿了隧道。风景优美的折枝岭上视野开阔，于是，大家在这儿下了车，随着升的说明，将视线投向东南方和西北方两侧的山谷和巍峨的群山，以及驹岳那崇高的山峰。

下坡时，升指着山下面的投骨泽介绍说"有许多倾城美人的尸骨被扔在那里"时，引起了大家的感动。

由良子胸口的起伏比别人要大两倍，她叹了口气说道："我们要是死在这儿的话，也会被扔到那儿去吧，妈妈?"

加奈子不爱听这话：

"你们和倾城不是一回事，你可真没见识。"

沿山边的新公路前行不远，就能看见喜多川的水流入水库的人工湖。石抱桥一带的标高是七百七十六米，七百二十米以下为蓄水区域。新公路是劈开喜多川北岸的绝壁建成的。

水库蓄水区域的景色使这一行人叹为观止。汽车过石抱桥后，绕着蜿蜒曲折的河岸，朝方圆三里的湖对岸开去，桥头还残留着一段原来的公路，路面已被杂草和石头占据，深深的车辙辘印就像昨天才轧出来的一样，一直延伸到水里。

还有的地方，水边荒废的农田的田垄有一半淹没在水里，一枝半枯的梅树枝桠伸向水面。

不一会儿，由银山平改造的人工湖的风光展现在眼前。对面福岛县的山峦倒映在湖面上，无论怎样切割这些倒影，都自成一景，好像老早以前它就存在似的那么自然。湖岸的形状在参观者眼里没有一点不自然之处。

女人们从车里探出头，想看看沉入水底的土地原貌，可是青蓝色的湖水有些浑浊，望不到湖底。

在离岸边很远的地方，有个浅浅的小岛，岛上深绿色的水杉树梢整齐划一，半枯萎的树枝层层叠叠，芦苇随风起伏，在灼热的阳光照耀下，湖面上倒映出了一片茶绿色，真是别有洞天。

这时，前方耸立的水库远景映入了他们的眼帘。五个水闸的卷扬机排列在湖面上，仿佛怪兽的犄角。

有人说，没有想象的那么高大，大家也都附和着。升解释说这边是背面，高大的堤坝要绕到正面去看。

汽车来到水库的下游，停在了可以观看水库的地方。

当大家看到高达一百五十米的庞大的重力式水库大坝时，一齐发出了惊叹声。

由于是枯水期，水闸关闭着，看不到奔涌的水流从大坝上滔滔而下的壮丽景观，但是，夏日阳光照耀下的这个白色水泥堤坝的斜面，在两岸岩壁的护卫下，非常雄伟壮观。

这景象给予这些知识浅薄的人以深深的感动。这感动既来自于水库的巨大，也来自于水库的单纯。单纯之美，以及用一个巨大的水泥肩膀撑起了拦截庞大水量的力量之美，打动了大家。

水库的壮观景象使一行人瞠目结舌，升领着他们来到下游的发电站时，他们才渐渐变得轻声细语起来。大概她们是想向在那里的两三位年轻工程师显示一下自己的高雅吧。

配电盘室的地上铺着蓝、黄两色的亚麻地毡，白色窗帘遮挡着宽大窗户，整个房间明亮而现代。通过自动发电站的最新机关，包括取水闸门的开合、将水引入发电水车的导翼的开闭、水车的启动、电流的并联、阻断等等，都是自动控制的。

看着灰色控制盘上的金色和红色的模拟母线，景子在升的耳边说：

"真方便呀，要是能这样控制男人该有多好啊。"

房江的丈夫向工程师问这问那，拼命在笔记本上记录着，以备日后写小说的素材。

加奈子一听到谈论机械就头痛，她掀开窗帘看着窗外。发电站水车溅起的水，从水底的放水口溢出，冲进了准备注入下游的水渠里，卷起层层漩涡。

他们在发电站的接待室吃了盒饭，在水坝上攀登或散步，悠闲地消磨着时间。

往回走时，他们坐车从人工湖的对面绕了一圈观看了全貌，然后升坐进了第一辆车，送他们去车站。

以前的高高的山路，已被湖水淹没，黄土的颜色宛如茶色腰带般装点着湖底。路边有几处红色标志，升告诉他们那是满水水位的标志。

放松下来的女人们，在车里说说笑笑，连风景都忘了看了。只有房江夫妇沉浸在自然的寂静中，眺望着午后被阳光照得幽静而浑浊的湖水。水库渐渐离他们远去了。

"太好了，好久没这么高兴了。"

"好极了，真是难得这么畅快了。"

房江夫妇俩一唱一和着。

升叫司机停车，后面的车也跟着停了下来。由良子以为是车出了毛病，伸出头来喊升。

升提议在这里休息片刻，抽支烟。大家下了车，觉得这一带的景色没有什么特别。河岸很曲折，远处的水库只剩下了白色的一角。

对岸金字塔形的层峦叠嶂上，轻纱一样的白云在蓝天飘荡，云影投进了湖底，波光耀眼。

"以前，就在这下面流淌着奥野川。"

升说。

女人们朝湖水里张望，却什么也瞧不见，脚下的石子掉入水中，搅乱了蓝绿色的水面。

"就在我站着的地方下面，曾经有条小瀑布。"

升说。

加奈子吸着烟。

"你也该娶个媳妇了。"

这位久经世故的女人，用悠闲的语气说道。

一九五五年三月

图书在版编目（CIP）数据

沉潜的瀑布 / （日）三岛由纪夫著；竺家荣译 . -- 北京：北京联合出版公司，2021.12

ISBN 978-7-5596-4979-9

Ⅰ . ①沉… Ⅱ . ①三… ②竺… Ⅲ . ①长篇小说 – 日本 – 现代 Ⅳ . ① I313.45

中国版本图书馆 CIP 数据核字 (2021) 第 014009 号

沉潜的瀑布

作　　者：〔日〕三岛由纪夫
译　　者：竺家荣
策划机构：雅众文化
策 划 人：方雨辰
出 品 人：赵红仕
特约编辑：刘苏瑶
责任编辑：牛炜征
装帧设计：typo_d

北京联合出版公司出版
（北京市西城区德外大街83号楼9层　　100088）
北京联合天畅文化传播公司发行
山东临沂新华印刷物流集团有限责任公司印刷　　新华书店经销
字数125千字　　787毫米×1092毫米　　1/32　　7印张
2021年12月第1版　　2021年12月第1次印刷
ISBN 978-7-5596-4979-9
定价：48.00元